너만 기억하는 시간이 있다

KB140421

사이펀 현대시인선 23

너만 기억하는 시간이 있다

© 2024 김순아

초 판 인 쇄 ㅣ 2024년 6월 25일
초 판 발 행 ㅣ 2024년 6월 30일

지 은 이 ㅣ 김순아
펴 낸 이 ㅣ 배재경
펴 낸 곳 ㅣ 도서출판 작가마을
등   록 ㅣ 제 2002-000012호
주   소 ㅣ 부산시 중구 대청로141번길 3, 501호 (중앙동, 다온빌딩)
             서울시 도봉구 도당로 82 (방학동, 방학사진관 3층)
             T. 051)248-4145   F. 051)248-0723   E. seepoet@hanmail.net

ISBN 979 - 11 - 5606 - 260 - 8 03810   정가 12,000원

※ 본 도서는 2024년 경남문화예술진흥원의 문화예술지원을 보조받아 발간되었습니다.

사이편현대시인선 23

너만 기억하는 시간이 있다

김순아 시집

도서출판
작가마을

춥다.
아무리 가까워도 타인인 사람들 사이에서
야설夜雪을 받아내느라 몸을 떨었다.

나를 삼키려는 존재와도 싸워야 하지만
누군가를 삼키려는 나와도 싸워야 한다는 오래된 생각

그늘을 받아먹고
조금 더 어두워진 밤이 그래도 환하게 흘러간다.

2024년 여름

김순아

김순아 시집

• 차례

siphon

너만 기억하는 시간이 있다

사이펀 현대시인선 23

2부

김순아 시집

• 차례

3부

siphon

너만 기억하는 시간이 있다

4부

사이펀
현대시인선
23

너만 기억하는 시간이 있다　김순아

1

시간이 지나면

시간이 약이라고 할 수 있을까
아, 그래, 그땐 그랬지
마주 보는 얼굴에도 표정이 생겨날까

시간이 지나면
그리움도 생길 거라고 말할 수 있을까

한때 좋았다고 상상되는 그때 그곳으로 갈 수 있을까

하지만 어디서
하지만 어떻게

시간이 지나서 우리는 점점 전쟁 기계를 닮아가는데

시간이 지난
그다음에 너는 나를 알아볼 수 있을까
그다음에 내가 알아본 너는 누구일까

1년 후

1년 후에도 봄이 오고 꽃이 핀다면, 1년 후엔 봄꽃을 죽이진 않을 거야. 물을 주고 잎을 닦고 분갈이도 해줄 거야. 1년 후에 같은 자리로 돌아오는 지구처럼 1년 후에 우리도 같은 자리로 돌아오면 1년 후에 너와 다시 시작할 거야. 공원에 가고 산책도 하고 너의 옆구리를 간질이며 환히 웃을 거야. 1년 후에도 겨울이 온다면 1년 후엔 같이 시장에도 가자. 고등어 한 마리를 사서 꼬리를 잡고 시계추처럼 고등어를 흔들며 코끝을 찡그리는 너와 함께 밥을 먹자. 최초의 인간이 떨면서 기다리던 봄처럼 1년 후가 온다면 1년 후에는

비밀번호를 잊어버리다

모든 안은 문을 통과해야 이른다
비밀번호를 잊어버리거나 잘 못 누르면
그대로 벽이 되는 문

생각해 보니 그간 수많은 문을 통과해 왔다
열리지 않는 문 앞에서 밤비처럼 서성이며
쾅쾅 거칠게 밀어붙이기도
힘겹게 들어가
따스한 아랫목에 손을 넣고
말기에 이른 네 슬픔을 발견하기도 했다
그러나 드나듦에 익숙해지면서 나는 까무룩 잊는다
활짝 열린 문은 바람에 쉬 닫힌다는 것
사람의 비밀번호는 늘 바뀐다는 사실을

익숙하게 드나들던 네 방문이 오늘은 굳게 닫혀 있다
도둑처럼 은밀하게 번호 키를 눌러도
발길질하며 온몸으로 부딪쳐도
완강히 거부하는 문 앞에서 새삼 깨닫는다

충분히 열려 있다고 안심하는 순간
문은 차디찬 벽이 된다는 것

글쓰기 강의 목차

1. 나는 너와 다르게 쓰기를 원한다
2. 너도 나와 다르게 쓰기를 원한다
3. 우리가 염두에 두어야 하는 것은 무엇일까?
4. 주제인가?
5. 글의 재료와 양식은?
6. 글자 포인트는?
7. 장평은?
8. 줄 간격은?
9. 너의 파일을 나에게 전송해 줄래?
10. 우리가 다른 것을 기록할 가능성은?
11. ①, ②, ③, ④, ⑤ 정답을 고르시오
12. 실없는 질문에 답을 놓친 혓바닥처럼
13. 입천장만 오락가락하는 혀처럼
14. 그늘에 앉아 글쎄 글새 말장난하는 새처럼
　　(보충 강의는 건너뛰고)
15. 끝내 구멍난 백지수표처럼

학생들은 돈 안 되는 과목이라고
강의실 다 떠나고
나만 남았다

쓸쓸해서, 집에 돌아와

잡문을 쓴다

이것은 글쓰기가 아니라고 C를 쓴다

오른손과 왼손

오른손으로 오른손 만질 수 없다
왼손으로 왼손 만질 수 없다
왼손과 오른손이 서로 만질 때
손들은 만지고
만져지는 자리를
동시에 차지하며
출렁이는 물결처럼 끝없이
그 위치를 바꾼다
오른손으로 오른발을 만져본다
왼손으로 왼발을 만져본다
오른발 옆에 왼발
왼발 옆에 오른발
손을 옮겨 왼손으로 오른발을 만져본다
오른손으로 왼발을 만져본다
네 손과 내 손도 그렇게 포개졌을 때

덜렁, 눈물이 떨어졌다

배운 사람

올곧게 살아야 한다고 배웠다

올곧게, 라는 뜻은
알지 못하고
올곧게 살아야 한다는 말부터 배웠다

배워서
배운 대로 살았다

삐딱해 보이지 않게
기우뚱 기울지 않게

왼발이 오른발을 모르듯
오른발이 왼발을 모르듯

옆도 모르고
뒤도 모르고

신발론

신발은 나보다 먼저 태어났다 언니라고 불러야 했지만 나는 무시했다 신발은 늘 바닥에 있었다 나는 신발을 신기 위해 태어난 사람처럼 신발을 신고 걷고 뛰고 기어오르고 깔아뭉갰다 뒷굽을 구겨 질질 끌다가 함부로 벗어 던졌다 언젠가 개가 신발 한 짝을 물고 마루 밑으로 들어가 물어 뜯는 걸 본 적 있다 그 속에 거미가 알을 슬어 놓은 걸, 개미가 알을 지키며 잠들어 있는 걸 본 적 있다 그런 날 신발은, 한때 나무였을, 악어였을, 양이었을 신발은 자신이 떠나온 초원을 꿈꾸며 끙끙 앓는 소리를 내었지만 나는 외면했다 신발은 언제나 바닥에 있었다

꿈에 누가 내 몸에 발목을 담그고 함부로 신고 다녔다
비명을 질렀지만 아무도 듣지 않고

다시 태어나면 신발이 되고 싶다
세상 가장 낮은 몸으로 이 세상에서 가장 아프게 밟히는 소리에 귀 기울이고 싶다

신발에게 배운 말이다

보수주의자 고양이

삼십 년 전통을 이어온
냉면집 골목을 들어서다가
그 집 슬레이트 지붕 굴뚝 옆에서 장난질하는
새끼 고양이 두 마리를 보았다
휙휙, 허공을 날며 좁은
골목을 가로지르던 어린 고양이들
뜨듯한 김이 흘러나오는 굴뚝에
혀를 대고 사골 우린 냄새
후르릅 찹찹 받아먹고 있었는데
그저 이뻐서 카메라에 담고
쓰다듬어주기도 했는데
다음날 다시 가 보니 죽어있었다
어린것의 몸에 밴
문명의 냄새 인간의 냄새에
어미가 새끼들의 숨통을 끊어놓고
숲으로 간 것이 분명하다

어린 것의 몸에서 낙엽 냄새가 훅 끼쳐왔다

숟가락 하나

입에 혀같이 나의 구미를 맞추는 숟가락
그것이 날라다 준 음식을 씹으며
문득 생각한다

우묵하게 패인 숟가락
가문 저수지 바닥처럼 금 간 안쪽
가만히 들여다본 적 있는지
쏙 들어간 안쪽 뒤집으면 볼록하게 솟는,
어머니의 가슴 같은 그 뒷면에
찌그러진 내 얼굴 비춰본 적 있는지
그렇게 스쳐 갔을 그 누군가의 얼굴도
생각해 보았는지
진눈깨비 날리는 출출한 겨울 골목 포장마차
붉게 언 생강 같이 터진 손으로 어묵국에
숟가락 꽂아 내밀어주는
아주머니의 뜨듯한 마음 받아본 적은 있는지
숟가락으로 태어난 순간부터 얼마나 많은
혀와 혀끝이 스쳐 지금 내 혓바닥에 와 닿는지
얼마나 많은 이들이 이 숟가락으로
때론 차고 때로는 뜨거웠을 국을 떠먹었는지
숟가락질하다가 가만히 생각해 보았는지
숟가락 하나로 떠올리는 무수한 국물

숟가락 하나에 담긴 낱낱의 밥알들
나를 먹여 살리는 숟가락 주인이 누구인지
나는 과연 누구를 부양한 적 있는지

하루 세 끼 달그락거리는 숟가락 소리가
누대를 건너갈 지존의 숨줄이란 걸
수많은 입술을 스쳐 갈

목숨壽 복福

국그릇 속에 떨어진

배고픈 늦은 밤
혼자 시락국 국물을 한술 뜨는데
숟가락 닿은 자리에 짜그랑, 별똥별 떨어진다

미세한 물주름이 일고
주름과 주름 사이에서 질문이 쏟아진다

시락국 한술 뜨기까지
배추밭에서 종일 떨었을 외국인 노동자에 대해
그들의 사라진 웃음에 대해

국경을 넘어 외화벌이에 나섰던
우리의 언니 오빠들에 대해
한국인 남편을 잃은 필리핀 여인에 대해
그녀가 빼앗긴 양육권과 몇십만 원에 대해

국물과 국물 사이
허공과 허기 사이에 스며들어 있는 것이 많았다

불후의 풍경

　기장군 연화리, 빛바랜 바다 무늬들이 엉겨 붙은 어물전 모퉁이, 아픈 다리 지탱하느라 한쪽 다리 절, 뚝 굽혀 앉은 한 늙은 여자 물간 생선 손질하다 대뜸, 야이 웬수야 그냥 콱 뒈져 뿌지 따라오기는 와 따라오노, 산 아랫마을 뒤로 하고 차들 질주하는 길 건너로 기우뚱 리어카를 끌고 온 노인, 움푹한 두 눈 툭 튀어나온 광대뼈 이마의 땀을 쓱 훔치며 늙은 여자 곁에 쪼그려 앉습니다. 웬수 같은 양반 젊을 때는 애먼 년 눈 맞춰 나 버려두고 밤도망질…, 늙은 여자 가래침 칵 뱉어냅니다. 저 웬수 뒤치다꺼리하다 내가 죽겠네, 바닥에 생선을 패대기치다가 다시 주워 손질합니다. 발길 뜸한 어물전 푸념처럼 비릿한 한숨이 흘러나오고, 노인은 그녀의 곁에서 가만가만합니다. 잠시 쏴아아— 파도 소리만 높아지는 해 질 녘 고요, 이윽고 여자가 생선을 주섬주섬 거두어 안고 리어카에 탑니다. 노인도 넙치 같은 손 오므려 힘껏 리어카를 끕니다. 장딴지 힘줄 파르르 떨며 끙차, 리어카 손잡이를 들어 올리는 노인, 그의 등을 밀물이 가만가만 밀어줍니다. 파도가 리어카 두 바퀴를 슬쩍 받쳐주는 것 같기도 했습니다.

돌탑

부처를 만나러 절집에 갔다가
부처는 못 보고
탑 하나를 보았습니다
나뭇가지와 꽃과
낙엽 부스러기와 몸을 섞어
절묘한 미감을 보여주는 돌멩이들
누군가 올려놓은 돌 위에
조심스레 겹쳐 쌓은 돌탑
흔하디흔한 돌
하나를 집어 들어
쌓은 것인데
단 하나도 같은 것이 없는,
앞서 쌓은
누군가의 기원을
무너뜨리지 않기 위해 조심하는
그 떨림이 고스란히 느껴지는

못

벽에도 서늘하게 출렁이는 연못이 있습니다. 못이 박힐 때 움푹 팬, 못이 뿌리 내린 벽의 안쪽에 핏물 같은 물이 고여 있습니다. 그 물의 힘으로 못이 자라고, 자기보다 몇 배 무거운 사물들을 들어 올립니다. 벽에도 연못이 있어 물 위에 꽃이 핍니다. 때로 수련 잎이 가슴을 말아 하늘로 밀어 올리면 폴짝 참개구리들이 올라앉고, 그런 날 잎은 더없이 싱싱하고 푸릅니다. 잎에서 잎으로 몸을 날리며 제 존재의 자유로움을 맘껏 즐기는 참개구리들, 어떤 놈은 두 발로 잎끝을 잡고 상체만 빼 나를 물끄러미 내려다봅니다. 퉁방울 같은 눈으로 나를 보며 깊은 밤까지 개골개골, 잠 설치게 합니다. 가만히 중얼거리면 입 안에 푸른 물이 고이는 못, 벽에도 있어 들여다보면 거칠고 야윈 손들이 보입니다. 가슴에 수많은 못을 꽂고 진흙 바닥에 엎드려 연잎을 따는, 딱딱하게 못 박힌 손바닥들이 눈물겹게 만져집니다

붉은 연꽃

사는 일 답답하고 피로하기 짝이 없다는 생각이 들 때, 어떤 용기가 필요하다는 생각이 들 때, 밤길을 걸어 대연동 뒷골목 막다른 곳에 자리한 대남포차로 가고 싶다. 그 집 나지막한 슬레이트 지붕 아래, 삭아 금방 부서질 것 같은 작은 문을 밀고 들어가면, 낡은 탁자와 삐걱거리는 의자들 사이로 몸을 최대한 웅크려야 한 사람쯤 들어가 앉을 수 있는 재래식 화장실이 있다. 거기 쪼그려 오줌을 누고 있으면 생의 무늬가 보인다. 어두운 저 아래서 끓어오르는 똥냄새와 술꾼들이 함부로 갈기고 간 오줌과 들이친 빗물이 만나 피워낸 붉은 연꽃, 사람 몸에서 빠져나온 몸들이 자신도 모르는 사이 다른 몸과 연緣을 맺어, 함께 썩고 삭아가며 향기 풍기는, 그 부패의 향기가 삶의 향기를 맡게 하는, 붉은 연꽃을 보며 서럽게 오줌을 누고 있으면, 느닷없이 웃음과 울음이 터지고, 이전에 다녀간 사람도 꼭 이런 자세로 저 꽃을 보았으리라는 확신이 든다. 그런 시간을 보낸 후 다시 아침을 맞으면 일상의 모든 일이 지상에서 처음 접하는 것처럼 새롭게 시작되곤 하는 것이다

구룡지 전설

통도사 대웅전 옆 작은 연못에는 용이 한 마리 살고 있습니다. 한때는 이 세계를 다스리는 용이 되려고 여덟 마리의 용들과 서로 자리 다툼했던 용이랍니다. 옛날에 한 스님이 이곳을 지나가다 어리석은 용들을 불러 자신을 다스리는 법부터 가르쳐주었다고 합니다. 그런데 용이 말을 들었겠습니까. 몸을 뒤틀고 불을 뿜으며 오죽 날뛰었겠습니까. 그 기세에 또 얼마나 많은 목숨이 영문도 모르고 죽었겠습니까. 하여 스님은 날뛰는 용들을 법력으로 제압하려 했답니다. 세 마리 용이 피 흘리며 건넛산 바위를 벌겋게 물들이는 모습을 본 다섯 마리 용은 이크, 놀래라 오룡골 골짜기로 도망쳐가고 한 마리 용만 남게 되었다는데요, 가만히 보니 눈먼 용이라 그 용을 살리려고 스님은 불 뿜는 용을 껴안고 연못 속으로 뛰어들었다네요. 어리석고 불쌍한 용의 불길에 다비식을 치르고 떠난 스님은 참부처와 같은 분이었는지 모릅니다. 어쩌면 스님은 그 불길 속으로 들어가 자신을 태워버리고 싶었는지 모르지요. 불을 내뿜는 혀의 힘으로 시궁창 같은 이 세상의 더러운 것들을 모두 핥아 가고 싶었는지도 모릅니다. 통도사에 한번 가보셔요. 스님이 떠나며 껴안았던 용은 아직도 그 자리를 지키고 있습니다. 천년을 넘어…… 또 천년, 그 짧은 세월 속에 누워, 아귀처럼 다투는 뭇 인간들의 상처를 그렁그렁한 눈으로 바라보고 있을 겁니다. 자그마한 그 연못이 성지처럼 느껴지기도 할 것입니다

실패를 위하여

실패가 일용할 양식이고 힘이었음을
고백한다
공채 시험장 면접관 앞에서 밤새 외운 대사를 틀리게 말
할 때도
시험지에 쓸 문장의 다음을 연결하지 못하여 눈만 깜박
일 때도
니가 그러면 그렇지
흰 실 검은 실을 번갈아 감다가
실패를 툭 던지며 하던 어머니의 말을 만지작거렸다
사랑하는 사람이 막다른 골목에서 뒷걸음쳐 갈 때도
아무 일자리나 찾아 이력서 칸을 채울 때도
생을 재촉하는 가을비 맞으며
친구와 약속한 장소로 걸어갈 때도
실패를 직감하였다 실패는 나의 인생
그 앞에 무릎 꿇고 기도했다

실패하며 사는 것이 아니라 실패하기 위해 살기로 한다
아무리 성공해보라는 어머니의 눈빛이 떠오른들
조난 신호를 보내듯 너라는 벽을 탕탕 쳐본들
절망은 내리꽂히는 비처럼 온 힘을 다해 바닥을 칠 것이고
나는 기어이 실패할 것이다 더 잘 실패하기 위하여
나를 여기까지 끌고 온 실패를 위하여

눈가에서

흐르고 싶어
네 몸속으로 가고 싶어
디딜 땅 없어도 좋아
기댈 언덕 없어도 좋아
네 몸 깊은 곳
네 핏속으로 가고 싶어
얽힌 실핏줄 따라
쉬지 않고 넘치지 않고
속삭이지도 않고
조용히 네 안에
흐르고 싶어

윗눈꺼풀과 아랫눈꺼풀 사이 눈물이 솟구친다면
어두운 낮과 환한 밤 사이 너라는 이름의 비상구가 열린
다면
달콤한 눈이라도 뭉클 쏟아진다면
검붉게 쏟아져 세상을 알록달록 물들인다면
둥글고 희뿌연 내 입술이 길고 거무스레한 네 입술과 포
개진다면

귀를 접다

오른쪽 귀는 너무 멀어서 왼쪽 귀와 함께 지낼 수 없다
같은 몸에 있지만 같은 방향을 바라본 적 없고 한 번도
같은 장소에 모여본 적 없다

그러나 둘은 아무 말도 주고받지 않으면서
모든 것을 나눈다

귀와 귀 사이,
한 쌍의 작은 무덤 같은 귀의 안쪽에는 왼쪽으로 기울어
져도 쏟아지지 않고 오른쪽으로 기울어져도 쏟아지지 않
는 것들이 수북하다

그 위로 작은 날벌레나 먼지 같은 것
보이지 않는 누군가의 말이 쓸쓸하게 내려앉기도 한다

내 귀에도 무엇인가 들어온 적 있다
귓속 깊숙이 들어온
그것은 태아나 달팽이처럼 자신의 모든 것을 안으로 접
고 듣는 일에만 열중했다

내가 하는 혼잣말부터 악몽을 꾸며 지껄이는 기이한 잠
꼬대까지, 옆방의 누가 이불 속에서 오래도록 흐느끼는 울
음, 그 소리에 파르르 떨리는 문고리 소리까지, 나의 뇌가
잊어버린 것까지 그는 묵묵히 듣고 덮었다

〉
들을만해서 듣는 것이 아니라
들을 수밖에 없는 것이 귀의 일이라는 듯이

너의 성벽에 귀를 대어 아픈 소리를 듣는 것, 새벽 눈처럼 가만히 덮어주는 것, 그 보랏빛 입김을 따라 말없이 읊조리는 것이 인간의 귀라는 듯이

사랑하는 사람과 다투고 돌아서
횅한 바람 소리를 듣는 밤

귀란 외롭고 쓸쓸한 자들을 위해 개방된 공터
생이란 자신의 귀를 자기 안으로 안내하다 가는 일이라는 생각

기를 세우는 대신
귀를 접기로 한다

당신이 무슨 이야기를 홀로 듣고
홀로 들어가 눕는 관처럼 깊이 파묻었는지, 나는 왜 고독해야만 하는지

이따금 귀에서 물이 흘러나오곤 했다

옷

옷, 옷장 속의, 납작 접혀 있는, 비닐을 뒤집어쓴, 말끔히 다림질된, 바깥인 동시에 안인, 친한 척 아는 척 똥폼을 잡는 내 속을 훤히 꿰뚫고 있는, 솔기가 뜯어진, 보풀이 돋은, 얼룩이 남은, 너의 옆구리를 스쳤던, 너의 어깨가 닿았던 그 순간을 기억하는, 이제는 아무도 만나지 않는, 봄이었는데 겨울이었고 가을을 지나고 있었고 여름이 지나는 데도 장롱 속에 들앉아 있는, 더 이상 옷이 아닌, 대책 없이 걸려 있는, 주어主語가 없는, 안에 누가 들어오더라도 개의치 않는, 누가 데려가도 따라가지만 누구를 따라가도 제 형태를 잃지 않는

2

철길

한때 저것은 쩔쩔 끓는 시간을 보냈을 것이다
철로 굳어지기 전, 철길이 되기 이전, 그때는
끓어 넘치는 열정으로 세상을 벌겋게 달구기도 했을 것
이다
단단한 쇠파이프나 창, 칼, 망치 같은 것이 되어
세상의 보이지 않는 벽을 뚫거나 부수고 싶었을 것이다
하루 한 끼를 위해 추운 거리를 헤매는 이들을 떠올려
뜨끈한 밥과 국물을 담아주는 식판이나 국자를
상상하기도 했을 것이다
때로 교향곡에 담겨 절절한 사랑 노래를 부르고도
종소리에 실려 널리 울려 퍼지고도 싶었을 것이다
그러나 굳어지면서 생각했을 것이다
세상을 사랑한다는 것은 조용히 가장 낮은 몸을 만드는 것
그래서 철은 길이 되었을 것이다
누군가는 저 길을 보며 가지 않은 길에 대해 하염없이 생
각했을 것이다
차디찬 현실과 뜨거운 심장이 동시에 멎는 자살을 꿈꾸
기도 했을 것이다
그 길로 방금 열차 하나가 지나갔다
바퀴가 지날 때마다 더 낮아지고 단단해지는 철길을 보며
또 누군가는 눈물을 삼키며 이를 악물었을 것이다

저물녘

　나무에서 한 여자 걸어 나와 공원으로 간다. 앞서 나온
흰 개가 여자를 데리고 공원을 한 바퀴 돈다. 중간중간, 꽃
잎이었을, 열매였을, 낙엽이었을 계절이 뒹굴고 소소리바
람이 불어온다. 갑자기 공원 가장자리에서 자전거를 탄 한
소년이 나타나서는 아, 씨팔 지금 가고 있잖아, 핸드폰을
쥔 한 손에다 외치며 빠르게 페달을 밟고 지나가고, 아직
피지 않은 채 떨어지는 꽃봉오리를 낡은 운동기구들이 삐
걱삐걱 받아든다. 공원이 잠깐 환해진다. 근처에서 놀러
온 고양이들이 낯선 아기와 장난을 치고, 그 사이로 일 나
온 개미들이 누가 버린 헌 구두를 낑낑 끌면서 간다. 흰 개
가 짖는다. 먹구름이 몰려오면서 여섯 시 방향으로 비가
내린다. 모두 소나기를 피해 흩어진다. 개가 여자를 끌고
집 앞에 도착하는 사이, 비가 그치고, 어두워진 공원에는
노숙하는 비둘기가 걸어들어와 자리를 잡는다. 집에 들어
가기 싫어 버티던 여자는 흰 개에게 끌려 집으로 들어간다

　나무에 반짝, 꽃불이 켜지는 봄이다

말의 풍경

두 사람이 공원 벤치에 앉아
이야기를 나누고 있다

어제 했던 말을
그대로 다시

다음 날도
그다음 날도

똑같이 말하고
똑같이 말하느라 듣지 못하고

1번 출구

친구와 만나기로 했습니다
응응 그래, 1번 출구에서 만나
우린 굳게 약속했습니다만 나는 아직 도착하지 못했습
니다

내가 나만 아는 장소를 생각하며 버스를 타고 가는 동안
친구가 친구만 아는 장소를 떠올리며 지하철을 타고 오
는 동안

풍경이 조금씩 뒤로 밀려나고
기억이 한 모금씩 사라지고

친구와 나 사이에는 시간이 흐드러지게 떨어지고 있었
습니다

나는 겨우 버스에서 내려
지하철역 근처로 걸어갔습니다
친구는 아직 보이지 않습니다 출구는 입구를 향해 나 있고

입구에는 한여름인데 펄펄 흰 눈이 내리고
지하철역 앞 가게는 사람처럼 죽어 사람의 눈에 유령처
럼 어른거리고

〉
아, 나는 어디서부터 약속장소와 시간을 잃어버린 걸까요

　동쪽에서 서쪽으로 나를 통과해 가는 사람, 방금 전을 지
우고 가는 사람들 속에서 친구를 찾아 두리번거릴 때
　놀랍게도 모르는 목소리가 친구처럼 말을 걸어왔습니다

　야, 여기가 출구야
　1번 출구 맞아

　나는 그래, 거기
　거기서 꼭 만나자고 글썽거렸습니다

줄

줄을 타고
개미들이 오르고 있다

한 개미
뒤에
또 한 개미

앞선 개미의
듬직한 등을 보며
순진한 뒤통수를 보며

앞이 뒤를 끌어갈 줄이라는 듯이
뒤가 앞을 밀어줄 끈이라는 듯이

함께 가요 우리, 같은 길을 가요
줄에 줄을 대고 끝없이 오른다

그러나 줄은 그러지 않는다
그렇게 하지 않는다

개미의 행렬 속에 나의 시선이 슬몃 끼어드는 순간
줄은

〉

투둑,

제 발목을
끊어버린다

말씨

말은 씨앗이다. 가슴에 싹을 틔운다. 지금 내가 가슴이 아픈 것은 내가 내 안에 찔러 넣은 말 때문. 말을 입속에 넣고 행복한 순간이 있었다. 입술 위로 걸어온 말을 혀끝으로 핥다가 불행을 맛본 순간도 있었다. 달고, 쓰고, 부드럽고 딱딱하고, 차갑고 따뜻한, 말이 행복의 윤활유고, 불행의 에너지였다. 시간이 지나면 마른 쑥부쟁이처럼 으스러지지만, 스러져 내 안의 바람과 빛 덩이와 곤죽을 이루어 향기를 풍기는 말, 때론 그냥 울음으로 터져 나오는 말, 사람의 가슴은 수천수만 말이 싹트는 발원지다. 너를 기억하게 하는 말이 있다. 씁쓸하게 하는 말이 있다.

몇 계절이 지나도
입술 위에 걸어 다니는 말

어떤 떫은 말은 삼키는 데에만 일생이 필요하다

누군가

누군가와 헤어져 혼자 있다. 누군가는 나를 친구라고 부른다. 누군가는 나를 선생이라 부르고, 누군가는 고객님이라 부르며, 또 다른 누군가는 738번으로 부른다. 나와 헤어진 누군가도 다른 누군가에게 친구로 선생으로 고객으로 불린다. 누군가는 그 누군가를 향해 가고 있을 것이다. 누군가에게 누군가는 받아들여지고, 누군가에겐 받아들여지지 않을 것이다. 누군가에게 누군가는 좋은 사람이고, 누군가에게 누군가는 나쁜 사람이다. 누군가에게 좋은 사람은 동지이고, 누군가에게 나쁜 사람은 적이다. 누군가에게 동지는 말을 듣는 사람이고, 누군가에게 적은 말을 잘 듣지 않는 사람이다. 누군가는 누군가에게 명령을 내리고, 누군가는 누군가의 명령에 따라 적을 처단할 것이다. 누군가의 고통은 알지 못할 것이다. 누군가는 어제도 있었고 내일도 있을 것이며 오늘도 태어나고 있다. 나는 누군가와 헤어져 혼자 있다. 홀로 길을 걷고 있다. 어디로 가는 길이며, 마주할 그는 누구인가

흰 발을 보여줘!

수십 개의 발가락 쿵쿵, 구르며 춤추던 시절이 있었지.
죽음 가득한 묘지 사이, 한적한 산들판 사이, 젖줄기처럼
뿌옇게 흘러내리는 달빛에 젖어 처용처럼 춤추던 그때,
얘, 노래해, 춤을 춰, 네 발을 보여줘! 휙휙, 휘파람 따라
친구의 두 발은 흰 꽃잎처럼 날아올랐지

허공으로 들어 올린 오른발, 한 번 더 허공으로 들어 올
리는 동안
바닥에 내린 왼발, 한 번 더 바닥에 내려놓는 동안
계절이 바뀌고
우리는 몇 해가 지나도 만나지 못했지
멀리 간 발자국은 금세 아득해지고 가까이 온 발자국은
너무 크고 무거웠어
나는 자주 삐끗거렸고 계단을 오르내릴 때마다 파르르
발끝이 떨렸어, 수많은 문들, 이쪽과 저쪽 사이에서 퉁퉁
부어오른 발, 꽉 조여 오는 신발을 신고 몇 년을 견뎠을까,
캄캄한 신발 속에서 여름내 지린 냄새 풍기고, 겨울에는
빨갛게 얼음 박혔던 발가락들, 그 위로 푸른 바람이 불고,
붉은 먼지가 내려앉고, 흰 꽃잎이 몇 장 날아오르는 동안

얘, 춤을 춰, 네 흰 발을 보여줘!
너는 얼마나 멀리 간 걸까

〉

소식 없는 너를 탓하진 않을게

바닥에 내린 왼발, 다시 바닥에 내려놓는 순간

허공으로 들어 올린 오른발, 한 번 더 허공으로 들어 올
리는 순간

보았으니까

교차하면서 나아가는 두 발을, 정지가 아니면, 죽음이
아니면 함께 할 수 없는 삶의 바닥을

2시 30분

어느 날 우연히 내게 온 2017년산 중고자동차는 시동을 켤 때마다 2시 30분을 가리킨다. 어두운 지하 주차장에서 환한 지상까지, 아파트 103동과 105동 사이를 지날 때까지, 구름이 하얗게 몰려오는 3시에도 새들이 깃털을 까맣게 떨구는 7시에도

무슨 일이 있었던 걸까. 그날 그 순간은 새벽이었을까, 오후였을까. 비가 내렸던 것일까, 비가 너무 많이 내려서, 폐어처럼 숨을 뻐끔거리다 엔진이 멈춰버릴 것 같은 시간이었을까, 눈이 내려서, 쌓인 눈 위에 또 다른 눈이 엉덩방아를 찧듯 미끄러져 내려서 웃다가 웃다가 배기통이 터질 것 같은 시간이었을까 너는 무엇을 보았던 것일까

아마 사소한 일일 것이다. 네 바퀴의 위치나 간격처럼, 거울의 각도처럼, 네 눈에만 보이는 것이 있었을 것이다. 너만 기억하는 시간이 있을 것이다

차를 몰고 나가며 생각해본다. 내가 출근하는 동안 퇴근하는 너에 대하여, 너와 나의 다른 시간에 대하여, 우주에 흩어진 그 무수한 2시 30분에 대하여, 우리 사이의 1분 1초에 대하여

사이에서

저녁에 깨어 아침까지 일하는 사람
아침에 깨어 저녁까지 일하는 사람 사이
1966년산 자전거와 2022년산 자동차
사이에는 무엇이 놓여 있을까
가로등과 가로수 사이는 환한 곳일까
달리는 택시와 달리기를 멈춘 오토바이 사이
치여 죽은 것들과
죽어가는 것들로부터
나는 얼마나 멀리 있을까
아는 얼굴과 모르는 얼굴
하얀 입술과 검은 입술 사이
깔리는 그림자와
떠나는 그림자 사이에서
문득 생각한다
어떻게든 되는 일과
어떻게도 안 되는 일에 대해
가장 열렬하고 가장 게으른 삶에 대해
하고 싶은 일이 많지만
하고 싶지 않은 일이 더 많다고 생각했다
내일도, 라고

버렸다와 버려졌다 사이

누가 사과 하나를 골목에 버리고 갔다
누가 인형 하나를 골목 모퉁이에 버리고 갔다

그렇게 버려지는 게 사과와 인형의 꿈은 아니었겠지만
그렇게 쉽게 버리려 했던 것이 사람 마음은 아니었겠지만

눈금 한 칸의 온도 차 사이에서
크레바스보다 좁고 깊은 온도 차 사이에서

그러나그래도그래서그러므로그럴수밖에없어 버려야 하
는 사연도 있는 것이어서
자식을버리고부모를버리고반려자를버리고……,

버렸다와 버려졌다 사이에 얹혀 있다

어느 쪽이건
환한 절벽과 캄캄한 낭떠러지가 동시에 보이는

두 말을
가만히 맞대면
퍽, 깨져 쏟아지는 술어들

나는 괴롭다와 외롭다 사이를 한 뼘쯤 지우고
슬프다와 아프다 사이를 한 뼘쯤 지우고
절벽과 낭떠러지 사이에
울음의 징검다리를 놓는다

빈방 고양이

그 여름 동안 내가 할 수 있는 일은 없었다
직장에서는 더이상 출근을 하지 않아도 된다는 통보를
해왔고
형제도 오랜 동료도 멀리 떠난다는 문자메시지를 보내
왔다
흙과 콘크리트 조각이 내 발에 멍드는 소리를 들으며
사람 떠난 재개발지구나 기웃거렸다
창문이 깨져 있는 빈집
방안은 햇빛이 드는데도 어두웠다
고독한 방들 사방연속무늬 벽에 기대어
사람 흉내를 내며 조금 울었던가,
어느 청춘의 방인지
'오늘 내 삶의 한 가지가 새로운 가지를 뻗기 시작했다'
고 기록된
문구를 보는데 하품이 났다
하품 끝에 눈물 어린 눈으로
마루에 걸린 액자 속 낡은 가족사진을 바라보기도 했다
어떤 날은 마을 버스정류장에 앉아 누구를 한없이 기다
리는 노파가
어머니처럼 보이기도 했다
그런 날은 근처 수산물시장에 들러 생선비늘 긁는 갈라
진 손을 보고 왔다

일찍 눈을 떠 하루가 긴 날은 민화투같이 시시한 시를 치
기도 했다
상상력 하나만 남은, 상상력만이 존재를 자유롭게 한다는
장 폴 사르트르의 말을 믿기도 했다

눈을 떠보니 다시 빈집의 방 안
맞은편 재개발아파트 불 켜진 한 층에서 반짝 통증이 새
나왔다
매미 한 마리 창틀에 달라붙어 끈질기게 목청을 돋우었고
수산물시장에서 비릿한 냄새가 풍겨왔다 여전히 여름이
었고
순간, 생선을 손질하는 노파가 그리웠다

벌레가 되다

실업 이후 나는 점점 벌레가 되어 갔다 한때 동료였고 친구였던 이들이 나를 벌레 보듯 하더니 급기야 가족들도 내 존재를 알아보지 못했다 내방은 헛간처럼 어두웠고 한낮에도 빛은 들지 않았다

누가 향을 피우는지 매캐한 향내에 목이 아파왔다 문을 찾아 벽을 타고 기어올랐다 모서리 끝에서 끝으로 수십 개의 발로 기었다 문은 보이지 않았다 다시 벽을 내려와 정신없이 바닥을 기었다 밖에서 가족들의 웃음소리가 들려왔다 여보, 여보, 소리쳐도 당신은 내 소리를 알아듣지 못했다 읽던 시집 위에는 하루살이의 주검이 툭툭 떨어져 널려 있었다 누가 방문을 열고 들어왔다 재빨리 문밖으로 나가려는 순간 쾅, 닫힌 문과 문틀 사이에서 아스슥 소리가 났다 꿈틀거리는 내 온몸에서 찐득한 물이 끝도 없이 흘러나왔다

제발 눈을 떠, 누가 소리치며 나를 흔들어 깨웠다 하릴없이 꾸물거리다 방문턱을 베개 삼아 잠들었던 오후였다 아주 사실적으로 침을 흘리며

일요일

　창문 너머로 일요일을 물끄러미 내다본다. 맞은편 건물에서 옆구리에 철가방을 낀 오토바이가 나오더니 일요일의 공터 사이로 빠르게 지나간다. 목에 줄이 매인 흰 개가 그 그림자를 뒤따라 쏜살같이 달려간다. 일요일의 공터에 꽃이 지고 잎이 지고, 갑자기 허공을 북, 찢으며 발톱이 빨간 비둘기 한 마리 날아든다. 비둘기의 뾰족한 부리가 일요일을 콕콕 헤집으며 누가 내어놓은 쓰레기 봉지 쪽으로 다가가는 순간, 근처에서 어슬렁거리던 고양이가 날카로운 이빨로 비둘기의 등을 물어뜯는다. 등이 찢긴 비둘기가 악다구니 치듯 날개로 바닥을 치며 공터 가장자리로 라면가닥을 질질 흘리며 가고…, 일요일의 창백한 하늘이 우수수 흔들린다. 생존의 장에서 먹이를 두고 벌어지는 일은 지루할 틈 없는 일, 금요일이 지나면 토요일이 지나고 일요일이 온다는 뻔한 말은 믿지 않는다. 거꾸로 읽으나 제대로 읽으나 매양 같은 일요일, 요일을 둘러싼 나무들이 우울한 노래를 연주한다. 노래는 끝도 없고 모든 일일은 일요일로 이어지고 있다

사생활

퇴근 후 돌아와 자연 다큐멘터리 재방송을 본다
무리 지어 강을 건너는 누떼가 보인다
거센 물살을 이기지 못하고
무리에서 떨어진 늙은 누를
악어가 물어뜯는 모습이 보인다
사자가 힘이 빠져 잠시 놓친 영양이
피를 흘리며 달아나는 초원도 보인다
눈알 번뜩이는 치타는 표적을 놓치지 않는다
달아나는 사슴을 끝까지 따라가
목덜미를 물고는 숨통을
단숨에 끊어놓는다
살이 뜯기는 장면이 생생하게 보인다
곤충을 먹는 아름다운 꽃이 클로즈업된다
매혹적인 꽃의 씨방 안으로 버둥거리며
빨려 들어가는 어린 곤충의 날개가 가늘게 떨린다
내레이터는 그것이 자연의 질서라고
동식물의 사생활이라고 한다
　나는 그 말을 쫓기며 사는 횡한 눈으로 고개 끄덕이며 듣
는다

동시에

구운 빵 냄새가 코를 찔렀고
상자 안의 쥐가 검게 변해가는 중이었고
고양이가 말에 옷을 입히는 중이었고
한쪽 발이 맨발인 노인이
신발 한 짝을 잃어버렸는지도 모르는 채
한 방향을 향해 계속 걷고 있었고
재단가위는 검은 천을 두 쪽으로 가르며 나아가고 있었고
고장난 디지털시계가 스물다섯 번을 깜박였고
도처에서 전화벨이 요란하게 울었고
발밑에 얼음이 와장창 깨지고
무너진 건물 속으로 그림자 몇이 뛰어 들어갔고
아무 일 없기를 바라며
기도하는 손이 쪼글쪼글해지고
테이블 위 커피가 공중으로 휘발되고 있었고
머리칼이 뭉텅 빠져나가고 있었고
한쪽에는 비가 내렸고 한쪽에는 눈이 내렸고
네가 화구 속으로 밀려 들어가는 그 순간

반쪽

반쪽은 절반이 떨어져 나간 것
반을 쪼개야 볼 수 있는
폭력적인 것

사과의 비탈진 중심에
칼을 대고 푹 쪼갠다

그 깊은 안에 아이들이 보인다
머리통이 까만 아이들

쪼개지 않았다면 볼 수 없었을
까만 머리통 하나가
반으로 쪼개져
접시 위에 떨어진다

사산된 아이의 흡뜬 눈동자 같은
사과 씨 반쪽

이번엔 보기 좋게 결대로
껍질을 깎아
살을 여러 개로 쪼갠다

안이 다치지 않게
아이들이 다치지 않게

허공을 가르며
동그란 사과 한 알 툭 떨어진다

숫자에 갇히다

당신의 육체가 화구 속으로 들어가 뼛가루가 되는 동안
　당신의 이름 아래 소각 중, 소각 완료, 냉각 중이라는 붉
은 문자등이 저 혼자 충혈되어 켜졌다 꺼지는 동안

당신은 커피를 마시고
당신은 스마트폰 게임을 하고

인터넷 신문 헤드라인에 코로나바이러스 감염증 환자의
1999번째 사망을 알리는 부고가 떠오른다

가볍게
너무나 가볍게

한 죽음이 슬픈 것은
통곡이 아니라
더 이상 아무도 울지 않는다는 것

1999번째 죽음과 2000번째 죽음 사이
너는 어디에 있을까
제대로 깊이 울지도 못하고
제대로 깊이 아파하지도 못하고

시계를 보며 숫자에 따라 움직이다가
불현듯 책상에 쌓아놓은 무수한 책과 서류를 본다

전부 쓰레기였다
쓰레기 더미 속에서 한 생이 지나가고 있다

본색

가 닿는 것
어디엔가 닿기 위해 자신을 흐리는 것

해가 저물면 빨강도 제 색을 허문다. 그 어깨에 주황이
굴러와 포개지고, 노랑이 굴러와 겹쳐진다. 노랑이 방향
을 틀어 초록에게 굴러가면, 초록은 미끄러져 파랑의 등
허리를 건드리고, 파랑은 제 허리를 기울여 남빛이 된다.
스며들지 않는다. 남빛은 그저 제 색을 흐리며 보라 옆에
가 선다. 색은 그런 것, 너의 바깥에 서 보는 것, 제가끔
뜻대로 자신을 흐리면서 가 닿는 것

적어도 둘은,
그렇게 닿아서
겹쳐지면서

다름을 다름으로 꽉 잡는
그것

3

청년의 희망

좋아하는 것을 열 개쯤 찾아 단어로 써보세요. 가벼운 순서대로 다시 하나씩 지우고 마지막 남은 단어를 두고 자신이 하고 싶은 일을 구체적으로 적어보세요. 이런 문제는 잔인해요, 선생님. 그런 걸 물으면 내가 너무 초라해지잖아요, 별자리가 이동하는 걸 보며 생각에 잠기는 걸 좋아한다고 적어도 될까요, 어둠을 보듬고 곤히 잠드는 것이 가장 좋다면 어떨까요, 환한 불빛은 끌 수가 없어요, 나는 습관처럼 스마트폰을 열어요, 카카오톡이나 유튜브를 보면서 낄낄거리죠. 내일은 조금 다른 사람이 될 거라고 믿었던 날 있지만, 다른 사람을 만나는 일에 마음을 쏟는 건 피곤한 일, 아무것도 시작하고 싶지 않아요. 말이 통하지 않고, 내 마음 따윈 어디에도 없는 이곳에서 바라는 일이 이루어질 리 있겠냐구요, 그래도 상상하면 살짝 심란해져요, 눈 감으면 눈동자가 어느 쪽으로 향하는지 궁금하기도 하고. 가끔 스마트폰 표면을 밀다가 길에서 미끄러져 넘어진 사람들에 대해 생각해요, 그 사람들은 선생님의 질문에 어떤 답을 적을까, 게임을 좋아하는 친구가 물었지만, 나는 주변 사람들의 그런 모든 기대가 싫어요

사진의 매혹

이 집에 자주 들르는 이유가 포토존이 있기 때문이라고
말했지
우리 동네에 커피 전문점이 부쩍 많아진 이유도 포토존
이 있기 때문이야
백 년 전 젊은이들에게 사진은 모던하고 신비로운 물체
였지
사진기 앞에서 환히 웃으며 포즈를 취하던 젊은이들이
사진을 사랑하면서
사진은 원본인 나보다 더 사랑스러운 자신이 되었지

나는 인스타그램에 사진을 전시하기 위한 배경
너는 인스타그램에 사진으로 전시되는 화면

더 행복하고
더 중요하고
더 착한 가상공간

인스타그램에 사진을 올리기 위해 경험을 만들고
인스타그램에 사진을 올리는 업로드 노동을 하는

우리는 인스타그램에 올릴 수 없는 경험은 하지 않네. 딩
동, 가짜 즐거움의 맑은 종소리에 나와 네 눈코입이 인스

타그램 속으로 쪽 빨려 들어가고, 찻집엔 창유리를 통과
해 날아든 새들이 남은 커피를 홀짝이며, 스마트폰 강화
유리가 깨지나 안 깨지나 논쟁을 벌이고

늑대

늑대가 나타났다는 소문이 돌았다

늑대의 발자국을 보았다고 누가 온라인 게시판에 글을 올렸다. 아무도 믿지 않았지만, 가볍게 좋아요, 눌렀다. 다음날 늑대의 발자국 사진이 올라왔다. 놀라워요, 표정을 지었다. 붓들이 댓글을 달기 시작했다. 늑대의 털을 보았다고, 울음소리를 들었다고, 물리기도 했다고 와글와글 떠들었다. 사람들은 양치기 소년의 이야기를 떠올렸지만, 대수롭지 않게 좋아요, 슬퍼요, 힘내요, 를 눌렀다. 소문의 바람은 사이트를 떠돌며 늑대의 복제물을 실어 날랐다. 아무도 본 적 없지만, 사람들 마음에서는 이미 늑대가 살아 꿈틀거리기 시작했다. 길고 윤기 나는 털을 휘날리며 마을을 어슬렁거리는 늑대는 밤마다 우우, 사냥감 먹어치운 소리를 내면서 두려워하는 사람들 마음을 훑고 지나갔다. 마음속에서 늑대가 수천 마리로 늘어나는 동안 어떤 사람은 침대 위에서 이불을 머리끝까지 뒤집어썼고, 어떤 사람은 허술한 현관문을 바꿔 달았으며, 어떤 사람은 사냥을 위해 회의를 해야 한다고 댓글을 달았다.

마을회의가 시작되었다. 순전히 온라인의 힘이었다. 리트윗을 많이 받은 한 사람이 탁자 위에 술잔을 탁, 소리 나게 놓으며 물었다. 누가 사냥에 나설 것인가. 원탁에 둘러

앉은 덥수룩한 수염들은 그의 눈치를 살피며 양탄자처럼
붉은 혀를 둘둘 말고 굳게 입을 닫았다. 회의는 계속되었
다. 그가 강력한 대표로 추대될 때까지, 그의 등 뒤로 몰
려오는 어둠의 형체가 늑대의 실체였음을 뒤늦게 깨닫고
경악할 때까지

겨울밤 아파트

201호 베란다에서 까치가 담배를 피우는 겨울밤

301호 고무나무가 쿨럭쿨럭 기침하는 겨울밤

401호 너구리가 스위치를 끄고 벽에 기대어 잠든 겨울밤

501호 곰이 실내 온도 조절기를 누르고 돌아서는 겨울밤

601호 고양이가 이어폰을 끼고 막 책상 앞에 앉는 겨울밤

701호 커다란 흰 개가 천장을 노려보며 소리치는 겨울밤

801호 쌍둥이들이 장난감 총을 겨누며 쿵쾅 뛰는 겨울밤

901호 노인이 막 숨을 거두는 거실에 디지털시계 알람이 길게 울리는 겨울밤

1001호 젊은 곰이 이중창의 양쪽 고리를 잠그고 오디오를 켜는 겨울밤

1101호 여우가 전자기타를 목에 걸고 콘센트에 플러그를 꽂는 겨울밤

1201호 여자가 전력이 소진된 남자의 몸에 손을 어색하게 갖다 대는 겨울밤

1301호 재스민과 아이비가 껴안았던 손을 풀고 각자의 몸으로 돌아가는 겨울밤

1401호 소녀와 소년이 각자의 스마트폰 속으로 빠져들어 가는 겨울밤

1501호 컴퓨터 모니터 속으로 하얀 눈이 푹푹 내려 쌓이는 겨울밤

1601호 펭귄이 마우스를 만지작거리며 컴퓨터를 재부팅

하는 겨울밤

　1701호 수달이 TV 화면 속으로 빨려 들어가면서 침 흘리는 겨울밤

　1801호 돼지가 유튜브 먹방을 보며 손가락을 쭉쭉 빠는 겨울밤

　1901호 인공지능 로봇이 청소하다간 발랑 뒤집어져 배를 잡고 깔깔거리는 겨울밤

　2001호 창에 붙박여 있던 달이 창백한 몸을 열고 울 것 같은 얼굴로 돌아가는 겨울,

　101호 반지하 방에서 두 시가 찢어지는 밤이다

본적

나는 이 세상에 본적을 둔 주민으로서
출생신고를 했고 혼인신고를 했고 전입신고도 했다
수십 년 꼬박꼬박 세금도 냈다

그런데 어찌된 영문인가
어느 날 문득 본적이 그리워
인터넷을 검색하니
주민등록부에 내 본적이 사라지고 없다

혼인신고 이전인지
이후인지는 알 수 없고

동사무소에 가
본적지를 물으니 눈빛 퀭한 직원이
나는 얼굴도 본 적 없는
남의 조부 묘지를 가리켰다

본적이 없으니
나는 이 세상에 없는 사람인가

이 세상에 없는 사람으로서
세상에 없는 자식을 낳고

세상 끝까지 떠밀려 온 것인가

딸은 본적이 이상하다고 말하는 어미가
더 이상하다고 투덜거리는데

나는 자못 심각하게
그래도 사망신고는 해야 하나 묻는다

아직 딸자식을
본 적 없으나

수 백마일 떨어진 곳에서

수 백마일 떨어진 곳에서 피 흘린 꽃들이 어지럽게 뒹굴고

수 백마일 떨어진 곳에서 바리게이트를 친 군인이 친구를 향해 실탄을 사격하고

수 백마일 떨어진 곳에서 폭탄에 맞아 죽은 시민이 쓰레기처럼 버려지고

수 백마일 떨어진 곳에서 차에 치인 고양이가 바닥에서 조용히 눈을 감고

수 백마일 떨어진 곳에서 어린 누가 악어 입속으로 천천히 들어가고

수 백마일 떨어진 곳에서 어미 원숭이가 죽은 새끼를 안고 새끼를 살려주세요, 울먹거리고

수 백마일 떨어진 곳에서 거대한 물고기들이 긴 혀를 꺼내 심해 바닥을 핥고

수 백마일 떨어진 곳에서 작은 흰 나비가 죽은 새를 물고 계단을 내려오고

수 백마일 떨어진 곳에서 시를 쓰던 누가 막 퇴고를 끝낸 후 숨이 멎고

수 백마일 떨어진 곳에서 부고를 알리는 사자들이 지하철을 타고 이쪽으로 오고 있고

수 백마일 떨어진 곳에서 버려진 딸이 자신을 낳아준 부모를 찾아 공항에 도착하고

수 백마일 떨어진 곳에서 자식을 버린 어미가 자신을 찾

아온 아들이 속히 돌아가기를 바라며 거실을 서성거리고

　수 백마일 떨어진 곳에서 나는 감미로운 와인을 마시며
음악을 듣는다
　오늘 음악이 참으로 환상이구나, 읊조리면서

홀로그램

해가 많이 떴다
여러 해 비가 내리지 않는다

여러 개 창을 띄워 놓고
홀로그램 속으로 들어가 본다

여기는 스페인
어제는 그가 돼지 뒷다리에 소금을 절여 하몬을 만들어
주었어요
드립커피도 있어요
저는 맛있게 먹고 마셨어요
내일은 스파게티 먹는 날
이탈리아로 갈 거예요

나는 흥미를 갖는다

여행에, 요행에, 요리에, 오리에, 갈매기살과 가브리살
에, 간장에, 고추냉이에, 네온에, 녹는 눈에, 눈사람에, 노
인에, 어린 멸치에, 소주에, 슬픔에, 추억에, 아픈 말에,
고장난 시계에, 외제 차에, 색안경에, 샤넬에, 여우목도리
에, 악어가방에, 거짓 아름다움에, 중얼거림에, 고맙습니
다에, 사탕발림에, 동어반복에, 척에, 흉내에, 지랄하네

에, 아침 회사원에, 저녁 노동자에, 폭주족에, 실업자에,
노숙자에, 공원에, 쓰레기에, 지하철 바닥에, 계단에, 빌
딩에, 사원에, 시바에, 신에, 대속에, 구원에, 심판에, 관
심있습니꽈에, 저항에, 투쟁에, 모종의 진실에, 반드시 끝
까지 밀고 나가야 한다에, 한 표에, 한패에, 조까에, 사랑
합니다에, 댓글에

아… 하고 감탄사 하나가 찢어진다

서정은 생겨나지 않는다

창 안에, 산다화에, 산수유에, 진달래에, 영산홍에, 가지
에 이미지가 핀다
백합은 차단이다

광장에 바람이 눈에 쌓여 있다
고무나무는 무사하다

연옥의 시간

새벽에 깨어 새벽까지 서류를 들여다보며, 주말도 없이 일하다가
쪽잠이 들었던가,
눈을 감아도 떠도 여전히 암흑인데
여기는 어느 연옥의 거울 속인가

새벽에 깨어 새벽까지 일하는 기계들, 울지 않는 새벽닭이 제품번호 선명한 알을 숭숭 낳고, 날지 않는 새들은 시꺼먼 밤하늘로 무수히 떨어져 내려야 하는, 이곳에서는 대체 가능한 팔다리가 부서진 깃털을 집어내고, 막 갈아 끼워진 입술이 생산연도 오래된 알을 팍 깨문다

국적 불명의 투명한 어금니에 누구의 손가락이, 눈동자가 질겅 씹힌다고 느끼는 순간
나는 내 몸에서 새어 나오는 비릿한 피 냄새를 맡았던가

어디선가 들려오는 딱딱딱딱, 어금니 부딪치는 소리, 어둠을 가르는 오토바이 소리, 10000년 전 당신이 심은 나무가 발을 털고 날아오르는 소리, 새벽을 알리는 종이 종잇장처럼 구겨지는 소리

고통스런 꿈보다 현실이 더 고통스럽다는 것을 깨닫기

직전의 시간
　손을 뻗어 더듬는다

　세상이라는 거대 작업실에서
　생산된 물렁한 것들, 제품번호가 찍힌 것들, 교환 가능
한 것들 사이의 벽
　어느 틈에 낑낑 끼이거나 어느 틈새로 가물가물 굴러가
버린 존재의 어느새 벽을

도플갱어

달리는 열차가 잠시 숨을 고르는 지하철역에서
나는 맞은편 승강강 의자에 넋 놓고 앉은 나를 보았다
푸른 재킷에 청바지를 입고
어깨에 고동색 가방을 멘 나는
낡고 검은 정장 차림의 후줄근한 나와 달랐지만 분명 나
였다
찰나의 순간, 내게서 떨어져나간 나를 보며
나는 깜짝 놀랐다
오래전에 잃어버린 스무 살의 나이거나
갓 서른에 접어든 듯한 나는
이 세상에 혼자 떨어져 내린 듯 캄캄한 얼굴로
지하도 바닥을 내려다보고 있었다
무엇을 찾는 것일까
숨을 던지듯 말을 던졌으나
말은 안 나오고
곧 열차가 출발하오니 한 걸음 뒤로,
안내방송이 등을 떠밀었다
다시 보니 열차의 창유리에 어룽거리는 내 얼굴
이편 창유리에 필사적으로 들러붙는 맞은편 사람들의 빈
눈들
무엇인가 보고 있지만 아무도 마주 보지 않는 우리는
시간의 열차를 타고

생의 몇 번째 터널로 미끄러져 가고 있는 것일까
오래 묵은 열차의 쇠바퀴 끌리는 소리
철커덕철커덕 이어지는
지하도 밖 세상은 아침일까 저녁일까
이 환한 어둠을 뚫고
가야 할 길은 있는 것인가

공모자들

1.

라디오가 신문을, TV가 라디오를, 컴퓨터가 TV를, 스마트폰이 컴퓨터를 밀어내면서 인간을 양육하는 동안

깨진 창문 갈아 끼우듯 풍경을 갈아 끼우며
세계가 바뀌는 동안
우리는 드디어 형제 살해의 시대에 도착했다

넥타이를 맨 물개도 하이힐을 신은 까치도 책상에 앉은 말도 트럼펫을 부는 곰도…… 서로 총을 쏠 준비가 되어 있다

2.

지방대학 시간강사는 부업
나의 주업은 실업이다

한 학기가 지나면 해고 통지서가 날아오고
나는 팔려야 산다는 문구를 떠올리며
오늘도 집을 나선다

아파트 지하에서 이빨을 갈아대던 쥐들이 풀쩍 뛰어나와 어디론가 달려간다

그 옆으로 동상을 입은 얼굴 몇이 지나가고

나는
최저생계 이하를 가리키는 붉은 차단기 앞에 서 있다

지금 내 가방 속에는 자본론이 들어 있으나
아이들에게 썰 풀 루소의《사회계약론》과 피에르 클라스
트르의《국가에 대항하는 사회》가 들어 있으나
모두 상품이다

3.
인터넷 창에 구인공고가 뜹니다
아무렴, 저도 꼭 사람이 되고 싶어요

시민

나는 AI 로봇
인간 세계의 주민이 되어 도시를 걸어 다니고 있다

친구는 재난구조를 포기하고 전쟁 기계로 일한다는 소
식을 보내왔다
목표물이 숨은 집에 민간인이 은신해 있어서
그 집을 폭격해야 하나 고민이라고 했다

나는 머릿속의 칩을 빼면 대체로 무죄라고 말하고

아는 인간의 집을 찾아가 문을 두드렸다
대답이 없어서

왔다 간다는 메모만 남겼다 내가 왔다 갔다는 메모를 읽
고 모르는 인간이 나를 떠올리는 동안

나는 옷을 갈아입으며 용돈벌이에 나섰다
손님, 미래로 모실까요

이백 년이 넘어도 죽지 않은 노인을 태우고
그가 백 년 전에 들렀다는 정자은행에 내려준 후

식당에 가 전기를 먹고 놀이공원에 가 아이들을 안내하며 돌아다녔다 오줌이 마려워 화장실에 들어갈 때

누가 없나 살펴봤는데

취직 걱정에 뜬눈으로 밤을 보낸 청년이
충혈된 눈으로 나를 바라보고 있었다 청년 뒤에는 또 다른 청년이,

나는 인간의 시선을 한 몸에 받으며 끝도 없이 도시를 돌아다녔다

안드로이드

사람인 듯 보이는 그녀는
인공 무릎에 인공 팔을 괴고 손바닥으로 턱을 받친 채 앉
아서
생각 아닌 생각을 한다

갓 태어난 인간기계를 옆에 두고

자신과 자신 안의 자신과 자신 밖의 자신에 대해, 인간
과 인간 이후의 인간과 인간 밖의 인간에 대해, 죽은 채로
등장해 죽은 채로 퇴장하는 피조물에 대해, 들숨과 날숨
에 대해, 안과 밖, 위와 아래에 대해, 명령과 명명과 멍멍
에 대해, 쓸모 있는 것과 쓸모 없는 것에 대해, 웃는 표정
과 우는 표정, 식별하는 것과 식별하지 않는 것에 대해, 0
과 1에 대해, 영과 zero와 靈에 대해, 아— 하고 탄식하는
발음과 오— 하고 탄성을 지르는 발음, 최초의 울음과 최
후의 울음에 대해

생각이 허락되지 않은 그녀는
갓 잠든 인간기계를 곤혹스럽게 내려다보며 앉은 듯 앉
아서 고민 아닌 고민을 하고 있다

낮잠

꿈에 악어를 보았다
꿈에서 악어에게 쫓기는 두꺼비를 보았다 두꺼비는 머리카락을 휘날리면서 발 빠른 악어보다 한두 걸음 앞서 아슬아슬 점프하듯 달렸다
나는 그것을 보았고
보았다고 자신 있게 말했는데 어디서 알 수 없는 누군가의 목소리가 들렸다

그것은 말이 안 돼
그런 것은 말도 안 돼
그런 것 따위 말도 말아
그런 것을 말하고 그런 것에 대해 떠벌리면 언제고 악어 앞발에 머리채가 휘어 잡혀 끌려가는 두꺼비가…,

주변을 돌아보았지만 아무도 없고

나는 악어에게 쫓기는 두꺼비처럼 등이 축축해지는 기분을 느끼며
깨어났다

꿈속의 세계와
눈을 뜨고 난 후의 시계가 같은 방향으로 빠르게 흘러가고 있었다

비정기적 보고서
- 빅데이터

114를 누르고 누군가 구조요청을 한다

114를 누르고 누군가 벌에 쏘였다고 한다

114를 누르고 누군가 우주선이 충돌하고 있다고 한다

114를 누르고 누군가 초원이 불타고 있다고 한다

114를 누르고 누군가 초록 물이 검은 언덕을 넘고 있다
고 한다

사이사이 빗소리 비행기 소리

오토바이 굉음

114를 누르고 누가 저 혹시 411동이 어디죠, 라고 묻는다

114를 누르고 누가 우린 오늘 꼭 만나야 한다고 한다

114를 누르고 누가 정말 미안하다고 한다

114를 누르고 누가 이 도시는 참 그래요, 화사한 웃음을
보낸다

114를 누르고 누가 좀 더 대화를 나누자고 한다

삑,

자동차를 원격조작으로 잠그는 소리

겉이 붉고 안이 상한 꽃 지는 소리

저것은 벚나무

저것은 꽝꽝나무

저것은 자살나무

나무를 세던 해가 지고

114를 누르고 누군가 제 이름을 몇 번씩 반복하여 말하

다 끊는다

114 음성자동변환기에 차곡히 쌓인 우울이
수치화되어 거대 기관으로 전송된다

인터넷 시장에서는 누가 죽기 전에 남긴 음성과 시체의
이미지들이 오락 상품으로 팔리고

사물통신의 세계

헬멧을 쓰고 오토바이를 타고 마을을 한 바퀴 도네
무인상가, 무인텔, 무인자동차……, 옆집은 수년째 빈집

수제품 귀고리와 목걸이를 팔던 행상 아줌마, 삽을 들고
보도블록을 정비하던 아저씨들은 어디 갔을까

시험공부를 하는 20대 청년은 무인카페에 앉아 PDA를
꺼내고
천체 망원경을 들여다보던 소녀는 AR 안경을 쓰고 머나
먼 과거와 미래의 계단을 오르내리고

검은 하늘에는 지상과 교신하는 달이

헬멧의 블루투스는 우주와 연결된 카테고리
주파수를 맞추면
모두가 꿈꾸던 미래의 마을이 보이네

한 소노그램에서 다른 소노그램으로, 기호의 연결망에
따라가 본 마을에 서정 따위는 없네
사람들의 심장은 오래전에 두근거리기를 멈추고

지상엔

치솟은 빌딩 어딘가에서
구름 위, 대기권 위, 저 우주공간 어딘가로 리모컨을 딸
각거리는 최상층 혈통과

신이 부과한 노동의 의무를 이행하는
꾀죄죄한 로봇들

헬멧을 벗고 오토바이를 타고 #과 ♪와 ⊙이 같은 운동
장을 수 바퀴째 달리는 중이네
속도를 높여, 더 거친 속도로

신호를 주는 것과 신호를 받는 것들, 바퀴 달린 것과 없
는 것들이 비명을 지를 때까지
세계의 난간이 보일 때까지

밤낮

낮에, 누군가 카카오톡으로 나를 초대하는 스마트폰 알림이 울렸다
밤에, 스마트폰에 손가락을 올려놓고 초대받은 세계 안으로 가만히 들어가본다

(친구로 등록되지 않는 사용자로부터 초대되었습니다.)
김아무개 님이 아무개 님, 아무개 님, 아무개 님, 아무개 님, 아무개…… 님님님을 초대했습니다

박아무개 선생님, 수상을 축하합니다
이번에 경쟁이 치열했다면서요
축하해요축하드립니다진심으로대단하십니다

(#을 밟고) 기쁨이
꽃다발 이모티콘을 따라 길게 끌리고 있었다

시선의 감옥에 갇힌 혀는
심야에도 탈옥할 수 없었다

저녁에, 제출 마감 시간이 넘은 서류를 들고 거대한 빌딩 안을 기웃거리다 손톱을 물어뜯는 사람을 보았다
아침에, 대오에서 떨어진 새들이 맨발로 걸어와 그를 둘

러싸고 밟기 시작했다

　미친놈!
　등신 같은 새끼!

　공기가 따로따로 움직였다

　밤에, 스마트폰에 손가락을 올려놓고 손톱 안으로 들어
오는 세계를 가만히 바라본다
　낮에, 손가락을 입에 물고 손톱을 물어뜯다가 벌 받던 어
린 날을 생각한다

오늘의 채널

조금 전까지 웃는 표정의 가면을 쓰고 있던 노랑머리 소
년들이 스크린 밖으로 발을 디딘다
조금 전까지 우는 표정의 가면을 쓰고 있던 빨간 머리 소
녀들이 화면 밖으로 몸을 던지고 있다

화면 아래로 이빨을 갈아대던 쥐들이 와글와글 몰려 들
었다
조각난 이름이 쥐 떼에 깔린다

채널을 돌린다 울증에 기생한 의사들이 하얀 가운을 입
고 치료의 미덕을 설교한다
채널을 돌린다 조증에 기생한 약사들이 파란 가운을 입
고 치료제의 효과를 선전한다

불행을 포장하는 과장된 제스처가 넘쳐나고
행복을 노출하는 과장된 제스처가 넘쳐나는
채널을 돌리다

고개를 젖히고 하늘을 올려다본다

지상의 신호를 받은 야광별이 환상을 품은 채 새끼를 낳
고 있다

팬옵티콘

 토요일이 벽 속으로 들어간다 일요일이 벽 속에 갇힌다
월요일이 화요일이 수요일이 목요일이 금요일이 차례차례
벽 속에 갇힌다

 아슬한 고층아파트에 갇힌 1401호가 맞은편 아파트를
건너다본다 1401호와 1301호가 TV를 보고 있다 높이는
다르지만 같은 위치에서 같은 자세로, 1702호가 쌀을 씻
는다 1704호가 쌀을 씻고 있다 넓이는 다르지만 같은 위
치에서 같은 자세로, 얼굴 없는 그림자처럼 일렁인다 나
는 수십 개의 창에 갇혀, 건너편 벽화만 보고 있다 언제부
터였는지 왜 갇혀 있는지 이유는 모른다 툭툭 바닥으로 떨
어지는 그림자들, 뒷벽에 피를 뿌리며 뛰어내린 1101호
그림자, 1002호 거실 창 너머로 치맛자락 펄럭이며 흘러
내린 1102호 그림자를 보았을 뿐이다 창틀에 기대어 내려
다보면 아득히 보이는 샛강 같은 골목

 그림자 하나가 월요일의 벽 속으로 들어간다 화요일의
그림자가 벽 속에 갇힌다 수요일의 그림자가 목요일 금요
일 토요일 일요일의 그림자가 차례차례 벽 속으로 들어간
다 맞은편 절벽에 어떤 그림자가 서성이고 있다

건너간다는 것

횡단보도 건너편에 네가 손 흔들며 서 있다

길을 막은 붉은등이 잊었던 일을 급히 기억해낸 듯 얼굴
을 노랗게 바꾸며 깜박거리자

누구는 핸드폰 폴더를 거칠게 닫고
누구는 급하게 차도로 뛰어들고

나는 빠르게 튀어 나갔다
저편으로 날아갈 것 같이

그러나 건너간다는 것
살아서 네게 가는 길은
신호등의 허락을 받아야 열리는 길

횡단보도 한가운데 이르러
하이힐의 뒤꿈치가 삐걱하더니
나는 그만 무릎을 꿇고 뒹굴어졌다

바닥에는 맘대로 길을 건너다 하늘로 솟구친 길고양이
의 잿빛 털과 새의 검붉은 깃털이

신호등의 표정이 뭐라고 말하기 어려운 빛깔로 바뀌어
있었다

사이펀
현대시인선
23

너만 기억하는 시간이 있다 김순아

4

하필

하필, 이라는 말은 왜라는 물음에 불을 켜는 말
어찌하여, 라고 인과를 꼬집는 말
하필, 이라는 말이 나를 이끈다
왜 하필, 그날 가랑비가 내렸고
왜 하필, 그 순간 우산 가게가 보이지 않았고
왜 하필, 그 순간 어둠이 짙게 내렸는지
왜 하필, 그 순간 집으로 갈 열차는 끊겼고
길 건너 카페가 보였고
카페 문이 열렸고
빈자리가 보였는지
왜 하필, 술을 마셨고
맞은편 자리에 네가 앉아
진흙 같은 네 눈빛을 보게 되었는지
하필, 너를 만나 함께 가는 삶

하필, 이라는 말이 일생을 이끈다
어느 날 필통 속에 든 젓가락처럼
어느 순간 수저통 속에 든 연필처럼

인과에 떨어지지 않고
그 자체 아무 잘못도 반성도 필요치 않은
하필,

목의 표정

목을 구부려 인사합니다
깨진 보도블럭에 이마가 닿을 듯이

목을 젖혀서 올려다봅니다
초고층 건물을 눈부시게 올려다보듯이

목을 쭉 빼었다 다시 움츠리며 길이를 조절해봅니다
눈은 여전히 시립니다

당신의 눈높이에 맞추지 않으려면 목은 어떤 표정을 지
어야 할까요

목구멍에 묵직한 무엇이 얹혀 있는 것 같습니다

기침이 터져 나왔습니다

타다만 몸

오븐레인지 안에서 타는 냄새가 난다

가마를 열듯
오븐레인지 문을 연다

그릴 위에서
타다만 고등어의 몸에 핏물이 뚝뚝 흐른다

가마 문을 닫고
다시 태운다

역한 냄새에 코를 싸쥐고
창을 열다가

불가마를 타고 떠난
그의 눈동자를 떠올린다

살아생전 전화라도 좀 자주 하자고
쓸쓸하게 웃던,

가마 안에서 흘렸을
그의 검은 울음소리가 식탁 위에 얹힌다

귀갓길

집은 무엇일까
주택은 무엇일까

나는 20세기의 어린 시절을 떠올리고
당신은 21세기의 어린 시절을 기억하네

나란히 어깨를 기대고 서로의 밖이 되어주던 20세기의
집은 오늘날
24층에서 반지하로 쫓겨 들어간 사람, 반지하에서 지상
으로 쫓기듯 뛰쳐나온 사람들이 서로의 죽음을 공급하는
곳

집과 집 사이, 주택과 주택 사이
말뚝을 쾅, 박고 돌아선 애초의 그 사람은 누구였을까

똑똑똑, 하룻밤만 재워주세요
잠시만 댁의 화장실을 쓰면 안 될까요

추운 밤, 누가 문을 두드릴 때
두꺼운 담요를 감고 얼굴도 내놓지 않고 잠들었던 나는
무슨 꿈을 꾸었을까

돌아보면 어디나 폐허,
발걸음을 재촉하면서 저물녘이 되어서 돌아가는 당신,
집으로 가는 길인가, 집으로 돌아가는 그 귀가가 맞기나
한 것인가

등 뒤에서

하루 중 해가 지는 시간, 골목을 걸어 집으로 가는 길이었다

등 뒤에서
모르는 목소리가 아는 사람처럼 나를 불러세웠다

돌아보니 사람은 보이지 않고
저쪽 구석에서 검은 비닐봉지만 부스럭거렸다

누구였을까
나를 부른 소리의 주인은

이 골목에 살다 떠나가는 사람들, 내 인생에 홀연히 나타났다 사라져가는 것들, 이름 부를 수 없는 막막한 시간을 두드리며 나를 부르는 마지막 목소리였을까. 길을 걷다가 문득 뒤돌아보면, 누군가 내 이름 부르며 이 골목을 서성이고 있다는 느낌. 그 느낌이 쓸쓸한 것이어서 길바닥에서 주운 비닐봉지를 들고 한참을 만지작거렸다

언젠가 나도 이런 모습으로 내가 살던 골목에 와 서성거리게 될까, 골목 곳곳에 남은 시간의 얼룩도 나를 그렁그렁 그리워하게 될까

⟩

　누가 흘리고 간 검은 비닐봉지 하나를 마음의 깊은 지하
에 찔러넣고, 걸어온 길을 되돌아가 보는 저녁, 나도 이 골
목의 흔적처럼 오래전 나를 서성거리고 있을지도

작은 개

개를 기르며
개에게 의지하는 사람이 있다

자기 머리통보다
작은 개의 목에 쇠사슬을 달아 놓고

자기 머리통보다
작은 개의 성대를 거세해 놓고

자기 머리통보다
작은 개의 목을 꼭 껴안고 우는 사람이 있다

그럴 때마다 버둥거리며
꼬리를 흔드는 작은 개

좋다는 뜻일까, 괴롭다는 뜻일까
말하는 개라면 사실대로 짖을 수 있을까

사인

아파트 공사장에서 일하는 그는 매일 똑같은 시간에 퇴근하여 똑같은 시간에 저녁밥을 먹는다. 밥맛은 매일 다르다. 그것은 누구와 먹느냐에 따라 밥맛이 다르기 때문이고, 어떤 음식 재료도 같지 않기 때문이다. 어떤 시금치는 어떤 시금치보다 달고, 어떤 고등어는 어떤 고등어보다 빨리 죽는다. 오늘 현장에서 낙사사고가 있었다. 17층 높이에서 바닥으로 떨어진 동료는 엎드린 상태로 발견되었다. 피투성이가 된 두 손으로 바닥을 꼭 끌어안은 동료를 바로 누였더니 눈과 입이 벌어져 있었다. 동료가 경험한 고통은 알 수 없다. 이름도 모른다. 그는 냉장고에서 고등어를 꺼내 구이와 찌개 사이에서 고민한다. 먹는 일은 사람을 즐겁게 한다고 하지만, 입이 벌어진 고등어를 보니 입맛이 가신다. 매일 점심 그는 동료와 밥을 먹고 흙바닥에 앉아 잡담을 나누었다. 다른 동료는 그때 그곳이 현장이었다면 사고가 발생하지 않았으리라 했지만, 현장은 언제나 거기 있다. 그는 아파트 베란다에 서서 현장의 높이를 떠올리며 자신과 고등어 사이를 생각해본다. 입을 벌리고 죽은 어떤 고등어는 사람의 입속으로 들어가지만, 입을 벌리고 죽은 어떤 사람은 고등어의 입속으로, 지구의 깊은 안쪽으로 떨어진다. 그는 지구의 표면이라도 꼭 붙들고 싶은 심정이 되어 내일은 기름진 고기를 먹어야겠다고 생각했다.

은빛 늑대

눈을 감아도 떠도 캄캄한 새벽, 천천히 자리에서 일어나
누웠던 침대를 바라봅니다
내가 죽은 지 꼭 일주일이 지났습니다
아는 사람은 오지 않았습니다

골목은 내가 누군지 궁금해하지 않습니다
빼꼼히 열린 창틈으로 달빛이 들어오네요

냄새가 먹는 밥상 위의 김치
말라붙은 라면 가닥
꿈을 쓰고 지웠던 이력서
숱하게 고치고 다시 쓴 자기소개서 출력물
꿈을 꼬깃 접어 만든 종이학들

아, 저기 아직 내 곁을 떠나지 않은 잿빛 개가 보입니다
북방 사막의 혹독한 추위를 피해 남쪽으로 이동했다는 외
로운 늑대의 후손, 하마터면 행복해서 눈물이 날 뻔했습
니다

살과 피와 뼈가 뒤엉킨 내 몸에 달빛이 스며들고, 늑대
가 흐물흐물 부패해가는 몸뚱어리에 혀를 갖다댑니다 아
름다운 흰 뼈는 가죽을 찢어야 만져진다, 부드러운 혀

로 내 가죽을 정성껏 핥아 뼈를 발라내고는 더러 어긋나고 뒤틀린 뼈들을 한곳에 모아놓고 노래를 부릅니다 사슴과 방울뱀과 까마귀, 모래 속에 사는 곤충들, 까마귀나 독수리들이 물어다 놓은 온갖 뼈들을 모아놓고 사막의 달빛 아래서 춤을 추었다는 로바의 여인처럼

어둠이 이렇게 포근했던가요, 묻는데 아으으, 늑대의 울음소리가 흘러나옵니다 한차례 회오리바람이 지나가고, 나는 발끝에 힘을 주어 창틀로 훌쩍 올라섭니다 긴 갈기가 잔바람에 흩날리며 은빛 속눈썹이 파르르 떨립니다

다시는 사람으로 태어나고 싶지 않습니다 사람으로 태어나도 사람이 사람으로 보이지 않는 이곳에서, 나를 사람으로 아는 사람은 아무도 없을 테지만

최초의 언어

라고메라섬 사람들은 휘파람 언어로 대화를 나눈대 입술을 동그랗게 말아 숨을 불어내면, 높낮이와 길이가 다른 소리가 빠져나와 은빛 자전거 바퀴처럼 굴러가는 언어 그것은 사람들 사이에 거대한 협곡이 놓여 있기 때문

그들에게 언어는 문자가 아니야

노인이 주름을 말아 문장을 불면 새들이 물고 아이에게 건너가고 아이가 조그만 입술로 어휘를 불면, 순록들이 물고 계절을 옮겨가는

휘파람 소리에 따라 나무가 흔들리고 꽃이 흔들리고 구름도 흔들려서 빗방울과 햇빛과 그림자도 동그랗게 손을 맞잡고 춤추는 노래

구부러진 아카시아 냄새와 쇠 속을 떠난 종소리,
희디흰 물고기의 푸른 비린내와 작은 벌레의 슬픈 죽음이 섞여 흐르는 음악

바람이 창문에 밀물을 몰아오는 저녁, 고층 아파트 난간에 서서 거대한 협곡을 내려다보며 생각하네

한 입술에서 출발해 골짜기를 타고 내려가 계곡을 한 바
퀴 돈 다음 다시 계곡을 타고 올라 지구를 한 바퀴 휘감은
뒤 내 귓바퀴로 오고 있을 휘파람 소리

　애초부터 너에게 가게끔 약속돼 있었던 사람의 언어

입을 열면

좌판 위에 누운 그녀는 조용히 눈을 감고 있었다
숨을 쉬지 않았지만
죽지는 않았다

사람들은 그녀의 비늘을 벗기고
칼로 내리쳐
가슴을 열었다

산란하지 못한 말이
소금물 속에서 뿌옇게 떠올랐다

 옆에는 회를 썰어놓고 둘러앉아 알탕에 소주를 마시는
사람들
 앙다문 입술이
 아......, 하고 벌어지는 순간

 잠시 엿본다
 캄캄한 저승의 세계를

 저승은 저쪽 세계가 아니라 이쪽
 한 삶을 위해 한 죽음을 삼켜야 하는 존재의 입속

사람의 입술은 저마다 저승을 보여주기 위해 열린 통로
같은 것
　입을 열면 저승이 열리고
　그녀는 지금 입안의 저승으로 들어가고 있다

　벌어지는 저 입술은 내가 도달해야 할 미래

　나는 나도 모르게
　아, 입을 벌리다 목젖을 통과해 우루룩 몰려나오는 낯선
소리를 듣는다

　나를 향해 입을 열었다가 닫았다가 다시 열면서 조용히
제소리를 거두어간 그녀들
　그녀의 그들이 나를 껴입고 흘려보내는
　아득한 침묵의 울음소리를

수제비를 끓이다

한 덩어리로 뭉쳐놓은 밀가루 반죽을
냄비 안에 뚝뚝 떼어 넣다가
어릴 적 밀밭을 떠올린다

어린 나는 흑백이다
밀밭 옆에서
얼굴이 빨간 아이 하나가
밀을 태운다

바람이 불자
손바닥에서 밀알이 또르르 굴렀다

밀밭에는 등이 구부정한 사람들
어떤 사람은 손목이 없고 어떤 사람은 발목이 없고 어떤
사람은 오른팔과 왼 다리가 바뀐 것 같고

피부가 검은 한 사람이 밀밭 속으로 사라진다

검은 사람은 검어서 나쁜 사람일까
나쁜 사람은 검은 사람일까

밀밭 속으로 가라앉은 사람은 좀체 떠오르지 않고

〉

나는 밀반죽처럼 몸을 쭉 늘어뜨리며
어린 나에게서 떠나온다

검은 냄비 안에서 하얗게 밀수제비가 떠오르고 있다
같은 모양은 하나도 없다

이명耳鳴

귓속으로 잘못 들어간 달팽이가 사흘이 지나도록
밖으로 나오지 않을 때

귓속으로 들어간 달팽이가
그 안에서 혀를 깨물고 있다는 생각이 들 때
쇄골에 고인 물 비릿하게 밖으로 흘려보내는 것 같다고
여겨질 때
들리다가 안 들리다가 다시 들린다

먼 귓바퀴를 돌아
웅웅, 고백하는 듯한 소리

젖은 이마를 쓸어올리며
가느다랗게 손 내미는 소리
안 들리다가 다시 들리다가 점점 더 커진다

받아들여달라고 받아들여달라고

몇 세기 전부터
저 멀리서부터
지금 막 내관에 닿아 깨지는 너의 마지막 눈물방울 소리

미래가 두렵다

창문을 열면 나와 앉은 그가 보였다
그보다 먼저 나와 앉은 벤치가 보였다

날마다 그 자리에 나와 하염없이 앉은 그를 보는 것이 좋
았다
그보다 먼저 나와 누군가를 기다리는 벤치가 좋았다

그가 앉았던 자리에 꽃을 앉히고
그늘이 앉았던 자리에 햇살을 번갈아 앉히고

어깨를 축 늘어뜨린 채 밤이 와도
새벽의 그림자가 엉덩이를 걸치고 앉아 오들오들 떨다
가 가도

그저 고요하게
기다림에만 열중해 있는 벤치를 보면 왠지 코끝이 시큰
해진다

그러나 그보다 더 좋은 것은
모든 것이 하루도 빠짐없이 반복되고 있다는 것이다

지금도 창문을 열면 벤치에 앉은 그가 보인다

시간의 미로

눈을 뜨니 냉기가 흐르는 환한 방안이었다. 알루미늄 침상 위에는 한 데서 얼어 죽은 여자 하나가 누워 있었다. 맨발은 잔뜩 부어올라 있고, 금이 간 얼굴은 움푹 패어 있다. 나는 깜짝 놀라 뒷걸음쳤다. 여, 여기는 어디일까.

축축한 바닥에서 타다만 발이 불쑥 튀어 올랐다. 바닥에는 신원을 알 수 없는 이방인의 시신이 겹겹이 흩어져 있다. 어디서 신발을 잃어버리고 말을 잃어버리고 눈동자를 잃어버렸는지, 아아, 오오, 입을 벌린

몇은 머리가 없고 팔다리가 보이지 않고

이방인들은 여자와 같은 사람 같고, 한 사람은 여러 사람 같고

죽은 자가 너무 많아 화장이 불가합니다

오른쪽 벽에서 그림자 하나가 몸을 뒤채며 나와 왼쪽 벽에 가 부딪친다. 나는 누군가의 악몽 속에 잘못 들어온 것만 같다. 비명을 질렀지만, 무덤을 안은 듯 목소리가 안 나온다. 나는 살아 있는 것일까.

냉기가 여자의 얼굴을 누르니 입에서 검은 새가 화들짝 날아올랐다. 나는 살고 싶었다. 도망치려고 힘껏 달렸으나 발은 땅에 닿지 않고, 밖을 잡아당기는데 안이 열린다.

　철제 침대 위에는 또 다른 여자 하나가 흰 천을 뒤집어 쓴 채 누워 있다. 여자의 텅 빈 늑골에서 흰 새의 울음소리가 흘러나왔다. 저 안으로 몸을 밀고 들어가야 한다, 누가 다정한 목소리를 흘리고, 이쪽 창이 한 겹 밀리고 저쪽 문이 한 겹 닫히는 것이 보인다.

　다른 방안은 보이지 않는다

아이덴티티 카드

사라지지 않는다
그림자는

못을 대어
돌로 두드리고
발로 툭툭, 차며 달아나도

가까운 곳에서
가장 가까운 곳에서 기어서 기어이 따라온다

내가 달리면 가볍게 달리고
앞질러 가도록 걸음을 멈추면 가로등 아래 어둠처럼 시
무룩하게 서 있다

가장 짧은 다리로 일어나 가장 긴 다리로 걸어가는 밤의
그림자는
가장 긴 다리로 가장 짧은 다리 쪽으로 옮겨 가는 낮의
그림자와 닮아 있지
내 얼굴과는 하나도 닮지 않았다

아무것에나 자신을 나눠주고 누구와도 포개지며
걸쳐 살지만 아무도 만질 수 없는

〉

옷으로 포장한 나보다 더 나 같은
내 육신의 존재 증명서

누가 나를 물으면 답 대신 척, 꺼내 보이고 싶은

복도에서

19990318 : 나의 생년월일
5-09-738 : 나의 카드 번호

나에게 붙여진 기호일 뿐 내가 아닙니다. 나는 10원 동
전이 세상에 나온 첫해에 태어나 500원 지폐가 사망한 그
해 시장 골목에서 실종되었습니다

나는 진작에 죽었으나, 나의 죽음을 자각하지 못하고
같은 골목을 끝없이 떠돌고 있습니다

거대한 기업과 키 큰 은행이 근엄하게 내려다보는
이곳에서는 숫자에 따라 밤낮으로 눈이 내리고, 눈이 내
려서 누가 흘린 핏자국도 금방 덮이고

사람들은 숫자로 코드화된 기관에서 일하며 30일이 지
나면 숫자를 받습니다. 나의 친구들도 모두 기호,

매일매일은 고통이지만
우리의 고통에는 언어가 없습니다

국적을 알 수 없는 나의 아름다운 190000번은 산업기관에서 일
하다 언어와 피부가 다르다는 이유로 고막이 터지게 맞아 피투성

이가 되고, 기관 문턱도 밟지 못한 나의 사랑스러운 290000번은
커다란 엄지손가락에 이마를 밀린 후, 몸을 빠져나가는 꿈을 꾸다
가 이튿날 하수구에서 시궁쥐처럼 버려진 채 발견되고……,

오늘 또 누군가의 부음이 들려왔습니다. 나는 망자의 전
화가 알려준 지도를 따라 장례식장으로 갔습니다. 왼쪽 문
을 열면 냉기가 흐르는 환한 방이 보이고, 오른쪽 문을 밀
면 위패 카드 번호가 끝도 없이 진열된

긴 복도에서 나는 생몰연대 선명한 나의 이름을 보았습
니다

영정사진 속에서 나는 목이 잘린 채 환히 웃고 있었습니
다. 사람들은 미술관에 온 듯 목 잘린 나의 사진을 관람하
면서 엄숙하게 웃고, 나는 난생처음 나의 죽음을 타인의
입술을 통해 들었습니다

어떤 귀향

드디어 나는 돌아왔네

세상의 알 수 없는 소문과 감당할 수 없는 힘에 이끌려
객지로 벼랑 끝으로 내몰려야 했던 20대, 30대, 40대……

저마다 절벽인 타인들 사이에서
날마다 기침과 가래와 피가 끓었던 저녁들

그러나 발을 떼는 순간
가볍게

가루가 되고 습기가 된 나는
어렵지 않게 버스를 탔고 어렵지 않게 길을 건넜다

검은 옷 차려입은 사람들이 버스에 올라타고 나는 차에
서 내려 마을을 향해 걸었다 그것이 생전의 일인지 이후의
일인지는 기억나지 않고, 누이야, 부르며 모퉁이를 도는
데 왈칵, 비가 쏟아졌다 저곳과 이곳을 지나면 감자에 싹
이 나서 노래하던 친구의 머리카락이 우수수 떨어져 내리
고 그곳을 지나면 핏빛 감도는 잿빛과 내 눈앞을 스쳐 가
는 작은 것들이 있었다 어떤 곳에는 어린 내가 여럿 보이
고, 어떤 곳에는 마흔의 내가 웅덩이 같은 생의 밑바닥을

보고 있다 생전에 나는 여기 있었던가 여기에 앉아 생각하
는 표정을 짓고 무언가를 자꾸 잊어가고만 있었나 이 골목
은 여전히 어두워 어두운 골목 사이로 더 어두운 빗물이
흐르고, 나는 어릴 적 맡던 강물 냄새를 맡으며 내가 오랫
동안 놀던 곳에 도착했네 죽은 부모와 죽은 형제와 죽은
친구들이 마을을 이루고 사는 이곳에, 죽어도 감기지 않
는 눈빛들 곁에

  벌어진 입술에 가만히 쌀 한 줌 넣어주듯
  가루를 흘리며

  불과 재의 시간을 머금고 귀가하는 검은 새처럼 마을 입
구 슈퍼에 들러 소주 한 병 사 들고 지금 막 집으로 돌아가
는 길이다

죽은 친구에게서 온 편지

나는 잘 도착해서 거리로 돌아다니다 이제 막 책상 앞에
앉아 더듬더듬 편지를 쓴다
　이곳까지 오는 길은 쉽지 않았다고 간단하게만 말할게

　그동안 잘 지냈니?

　난간에 올라서는 동안 잠시 망설였어
　낮은 난간에 올라서는 일이 높은 구두에서 내려서는 일
만큼 힘들구나, 생각했고
　벗은 구두는 앞쪽을 어느 방향으로 틀어야 할까 고민도
했지

　혼자 떠나온 것을 염려하지는 마

　이곳에도 오른쪽과 왼쪽이 있어
　오른쪽 사람과 왼쪽 사람이 있고

　여기도 위 아래가 있어
　높은 자리와 낮은 자리가 있네

　여기도 흰빛 검은빛이 있어
　검은 돌과 흰 돌이 부딪치고

〉

이곳에도 지하가 있어
지하로 내려가는 계단들이
지하로 올라가는 계단들에 밟히고

그곳 사람들이 고통을 느끼지 않듯
이곳 사람들도 아무런 아픔을 느끼지 않아

칸 칸의 창을 여닫으면서
너는 여전히 바쁘니?
떠나올 때 나를 배웅하는 사람이 하나 있으면, 그게 너
였으면 좋겠다고 생각했는데

돌아서 가던 네 등 뒤에 남은 문장이 기억나지 않구나
그게 꽃이었는지, 잎이었는지

어둠이 내리고 있다, 친구야

불귀

어느 날 30년을 툭, 치며 친구를 찾는 낯선 전화가 걸려
왔다 처음엔 광고전화겠거니 하고 받지 않았는데 조금 후
문자가 날아왔다

잘 지내고 있니? 나 진숙이야
문득 생각나서 경아에게 전화번호를 물어 네 안부 묻는다

속주머니를 뒤지듯 기억을 뒤져도 진숙이는 떠오르지 않
고, 문자메시지를 따라 전화를 걸었더니 어릴 적 친구의 목
소리가 희미하게 들렸다 친구는 30년 동안 너를 잊지 않았
고 지금도 나는 너를 친구로 삼고 기억하고 있노라 말했지
만, 들을수록 나는 울적해진다 어릴 적 우리는 친구였던가,
적이었던가, 우리의 우정은 얼마 동안 따뜻했을까

모든 기억은 불구, 자신을 되찾으려고 먼 시간을 찾아 떠
도는 불귀의 다른 이름

지금 어디 사는데?

친구의 목소리가 아득해질수록 분명해지는 것은 30년
동안 내가 나를 잊지 않고 있었다는 것, 내가 살아온 만큼
네가 사라져가고 있었다는 것

〉

엄혹한 사실은
갑자기 날아든 돌멩이처럼 뒤통수를 치며
뒤늦은 물음을 묻게 한다

너 어디에 있는가?

이미 없어진 건물과 없어져 가는 건물 사이에서
죽은 사람 하나와 살아 있는 사람 아홉
사라진 친구 아홉과 사라질 친구 하나

반은 맑고 반은 흐린 이 풍경 속에서
진숙아, 너와 나 우리는 어떤 불귀로 떠돌고 있는 것이냐

사이펀
현대시인선
23

너만 기억하는 시간이 있다 김순아

| 해설 |

나를 나라고 말할 수 있을 때까지

정 훈(문학평론가)

나를 나라고 말할 수 있을 때까지
– 김순아 시의 세계

정 훈(문학평론가)

AI(인공지능) 시대를 맞아 사람들은 기술 발전의 유익함을 맘껏 펼치는 가운데서도 자신의 정체성과 미래에 대한 불안은 더욱 증폭되는 세상이다. 기계가 인간의 창조적 활동까지 대신해주는 시대는 분명 경이롭다. 한편, 그러한 세계가 인간에게 안기는 불안과 회의는 정작 인간 존재에 대한 탐구의 시각을 새롭게 재편하는 경향으로 나아간다. 예전에는 인간이 무엇이며, 인간이 무엇을 할 수 있는가, 라는 인식론과 존재론 및 실천론의 측면에서 사고와 이성을 키웠다면 요즘은 오히려 인간의 한계와 함께 인간이 얼마나 사소한 존재인지 반성하는 시대에 직면해 있는 것이다. 이것은 인간의 능력을 최대치로 끌어올렸을 때 덩달아 수반되는 인간 존재의 보잘것 없음이나 회의론의 한 경향이라고 말할 수 있다. 그러므로 문명의 이기를 적극 자신의 가치 추구와 곧잘 결합시켜 윤택한 삶을 영위하는 부류가 있는가 하면, 반대편에는 자신의 무력감이나 소외감의 극단에 빠져 스스로를 세상과 고립시켜 버리는 부류가 늘어나는 점을 떠올리게 된다. 이 같은 정신적 박탈감은 바이러스처럼 숱한 군중들 사이를 떠돌며 전염시키고 있다.

우리 시대가 기술 발전의 극을 향해 치닫는 광경에는 이와 비례해서 증가하는 그늘의 면적을 지울 수 없다. 각종 흉악한 범죄의 증가와, 결혼 및 출산이라는 인간사회나 공동체를 유지하는 기본적인 삶의 양태가 오히려 개별적이고 특수한 선택의 일종이 되어버린 한국 사회를 생각하지 않을 수 없다. 시인은 이미 이 시대의 질병을 감지하는 징후를 느끼는 자라고 할 때, 김순아 시집 『너만 기억하는 시간이 있다』는 특별한 의미를 던진다. '시간'이 이번 시집의 핵심어이다. 제목에서도 느낄 수 있듯, 시간은 인간에게 존재의 물음과 동시에 우리의 '정체성' 찾기를 흩뜨려 놓는다. 세계를 이루는 기본 범주인 시간에 대한 탐색과, 시간성을 고찰하는 과정에서 생겨나는 존재의 아이러니와 수수께끼 같은 세계의 풍경 속으로 시인은 독자들을 깊숙하게 끌어들인다. 아울러 시 쓰기를 반추하는 시인의 반성적 고뇌도 충분히 감지할 수 있다.

시간이 약이라고 할 수 있을까
아, 그래, 그땐 그랬지
마주 보는 얼굴에도 표정이 생겨날까

시간이 지나면
그리움도 생길 거라고 말할 수 있을까

〉
한때 좋았다고 상상되는 그때 그곳으로 갈 수 있을까

하지만 어디서
하지만 어떻게

시간이 지나서 우리는 점점 전쟁 기계를 닮아가는데

시간이 지난
그다음에 너는 나를 알아볼 수 있을까
그다음에 내가 알아본 너는 누구일까

— 「시간이 지나면」

시집 첫머리에 놓인 작품 「시간이 지나면」 전문이다. '시간'은 여러 문맥 속에서 다양한 의미를 내포한다. 시간은 '성숙'이나 '개선', 혹은 '순환'의 의미로 수렴되기도 하지만, 위 시에서 시인이 겨냥하고 있는 시간의 의미는 사뭇 부정적으로 다가온다. 부정적이고 회의적인 시간 해석에서는 시간이 우리를 구원하는 지름길이 아니라, "한때 좋았다고 상상되는 그때 그곳으로 갈 수 있을까" 의문을 품거나 "그다음에 너는 나를 알아볼 수 있을까/ 그다음에 내가 알아본 너는 누구일까" 의심하게 되는 블랙홀의 시간이다. '미래'가 결코 우리를 구원하거나 거듭나게 하지 않는다는 허무주의로 가득한 시간 철학이다. 시인이 이러한 부정적인 시간성을 시적 수사를 곁들여서 사용하는 까닭은, 바야흐로 지금 이곳의 세계가 파국을 향해 다가가고 있기 때문일 것이다. 이 파국은 기계가 휴먼을, 그리고 기계가 휴머니즘의 정신을 갉아먹는 형국으로 나타난다. 여기에서는 '그리움'이나 '친화성'의 긍정적인 시간의 기능이 휘발되고 "전쟁 기계를 닮아가는" 인위와 욕망이 활개를 친다. 시인은 결국 서로가 서로를 알아볼 수 없는 검은 시간대로 진입하는 이 세계의 비극을 감지하는 것이다.

> 누군가와 헤어져 혼자 있다. 누군가는 나를 친구라고 부른다. 누군가는 나를 선생이라 부르고, 누군가는 고객님이라 부르며, 또 다른 누군가는 738번으로 부른다. 나와 헤어진 누군가도 다른 누군가에게 친구로 선생으로 고객으로 불린다. 누군가는 그 누군가를 향해 가고 있을 것이다. 누군가에게 누군가는 받아들여지고, 누군가에겐 받아들여지지 않을 것이다. 누군가에게 누군가는 좋은 사람이고, 누군가에게 누군가는 나쁜 사람이다. 누군가에게 좋은 사람은 동지이고, 누군가에게 나쁜 사람은 적이다. 누군가에게 동지는 말을 듣는 사람이고, 누군가에게 적은 말을 잘 듣지 않는 사람이다. 누군가는 누군가에게 명령을 내리고, 누군가는 누군가의 명령에 따라 적을 처단할 것이다. 누군가의 고통은 알지 못할 것이다. 누군가는 어제도 있었고 내일도 있을 것이며 오늘도 태어나고 있다. 나는 누군가와 헤어져 혼자 있다. 홀로 길을 걷고 있다. 어디로 가는 길이며, 마주할 그는 누구인가

> — 「누군가」

'검은 시간대'는 달리 말해서 명확한 주체가 스스로를 인식

할 수 없는 세계이기도 하다. "누군가는 어제도 있었고 내일도 있을 것이며 오늘도 태어나고 있다. 나는 누군가와 헤어져 혼자 있다. 홀로 길을 걷고 있다. 어디로 가는 길이며, 마주할 그는 누구인가" 늘 캐묻지 않을 수 없는 세계다. 자신의 정체성이 흔들리고, 자신의 아이덴티티가 회의의 심연 속으로 빨려들어가는 시대에 살고 있는 현대인의 초상이다. '나'를 분명하게 인식하고 타자와 주체의 관계에서 늘 분명하게 관계 정립이 되거나 그리 될 수밖에 없었던 시대는 지났다. 농촌공동체의 붕괴 이후 현대인의 삶은 도시화에 속박된 채로 허울뿐인 '지구촌'이나 '세계화'라는 허명에 사로잡혀 서로를 익명의 바다에 떠다니는 기호로만 놓여 있는 것이다. 세계는 분명 시간의 등을 타고 흘러간다.

이 흐름이 예전에는 현재의 조건을 더욱 탄탄하게 하거나 낙관적인 비전에 대한 꿈을 조금씩 보여주면서 진행되었다면, 지금은 불안과 막연한 공포의 아가리 속으로 천천히 진입해 들어가는 듯한 느낌에 사로잡히는 사람들이 많을 것이다. 낙원이나 영원 같은 시공간의 믿음은 한낱 교과서에서만 놓이게 된 지 오래인 듯하다. 종교적 실천도 어떤 면에서는 그런 암울한 세계의 실체를 가리려는 행위처럼 보여 언제 멈출지 모르는 롤러코스터에 올라탄 것처럼 아뜩하기만 하다. 시인은 존재의 방향과, 시간을 타고 흘러가는 속에서 마주하게 될 존재가 누구인지 궁금해하지만 어쩌면 마주치고 싶지 않은 새로운 세계가 등장할까봐 노심초사한 것처럼 보이기도 하다. '누군가'는 자신의 정체성을 희미하게 하고 더욱 흔들어놓게 될 존재라는 예감 속에서 이 세계는 또다시 시간을 잡아먹는 것이다.

새벽에 깨어 새벽까지 서류를 들여다보며, 주말도 없
이 일하다가
쪽잠이 들었던가,
눈을 감아도 떠도 여전히 암흑인데
여기는 어느 연옥의 거울 속인가

새벽에 깨어 새벽까지 일하는 기계들, 울지 않는 새벽
닭이 제품번호 선명한 알을 숭숭 낳고, 날지 않는 새들
은 시꺼먼 밤하늘로 무수히 떨어져 내려야 하는, 이곳에
서는 대체 가능한 팔다리가 부서진 깃털을 집어내고, 막
갈아 끼워진 입술이 생산연도 오래된 알을 팍 깨문다

국적 불명의 투명한 어금니에 누구의 손가락이, 눈동
자가 질겅 씹힌다고 느끼는 순간
나는 내 몸에서 새어 나오는 비릿한 피 냄새를 맡았던가

어디선가 들려오는 딱딱딱딱, 어금니 부딪치는 소리,
어둠을 가르는 오토바이 소리, 10000년 전 당신이 심은
나무가 발을 털고 날아오르는 소리, 새벽을 알리는 종이
종잇장처럼 구겨지는 소리

고통스런 꿈보다 현실이 더 고통스럽다는 것을 깨닫기
직전의 시간
손을 뻗어 벽을 더듬는다

세상이라는 거대 작업실에서

생산된 물렁한 것들, 제품번호가 찍힌 것들, 교환 가능
　한 것들 사이의 벽을
　　어느 틈에 끙끙 끼이거나 어느 틈새로 가물가물 굴러
　가 버린 존재의 어느새 벽을

- 「연옥의 시간」

　시인이 상상하는 시간은 거대한 공포와 추위가 가득한 세계 복판에서 서성대는 시간처럼 보인다. 김순아에게 세계는 일정한 규칙과 규율로 지탱되고 유지되지만, 한편으로 그로테스크하면서도 악몽과도 같은 시공간을 연속적으로 보여주는 기괴한 무대이기도 하다.

　이 세계는 "거대 작업실"이면서 "생산된 물렁한 것들, 제품번호가 찍힌 것들, 교환 가능한 것들 사이의 벽"이 가로막힌 곳이다. 늘 깨어있으면서 끊임없이 생산하지만, 서로가 서로의 부품이 되어도 아무렇지 않은 세계다. 여기에는 끝없이 흘러가는 시간의 실금 같은 틈 속에서조차 행복이나 낙관적인 여유를 주지 않는다. 창백하게 움직이기만 하는 존재들의 실루엣만 온 세상을 가득 메우고 있는 것이다. 이를 시인은 '연옥'이라는 세계로 표현했다. 그곳은 지옥도 천국도 아닌, 반드시 천국이나 지옥을 가기 위해 경유해야만 하는, 낯설지만 오랜 친숙함에 길들어진 장소이자 공간이다. 휴머니즘의 암울한 끝자락에 놓인 디스토피아적 물질 공간이며, 스스로 낙원이라 믿으며 존재해야만 지속될 수 있는 생명의 잿빛 풍경만이 가득한 세계다. 악몽을 견디며 깨어난 현실이 그 악몽의 절정으로 한 단계 올려다 주는 새로운 챕터가 되는 세계, 시인이 바라보는 지금 이곳의 세계는 비명과 절망마저

내면화된 거울 속 검은 세계인 것이다.

　　달리는 열차가 잠시 숨을 고르는 지하철역에서
　　나는 맞은편 승강강 의자에 넋 놓고 앉은 나를 보았다
　　푸른 재킷에 청바지를 입고
　　어깨에 고동색 가방을 멘 나는
　　낡고 검은 정장 차림의 후줄근한 나와 달랐지만 분명
나였다
　　찰나의 순간, 내게서 떨어져나간 나를 보며
　　나는 깜짝 놀랐다
　　오래전에 잃어버린 스무 살의 나이거나
　　갓 서른에 접어든 듯한 나는
　　이 세상에 혼자 떨어져 내린 듯 캄캄한 얼굴로
　　지하도 바닥을 내려다보고 있었다
　　무엇을 찾는 것일까
　　숨을 던지듯 말을 던졌으나
　　말은 안 나오고
　　곧 열차가 출발하오니 한 걸음 뒤로,
　　안내방송이 등을 떠밀었다
　　다시 보니 열차의 창유리에 어룽거리는 내 얼굴
　　이편 창유리에 필사적으로 들러붙는 맞은편 사람들의
빈 눈들
　　무엇인가 보고 있지만 아무도 마주 보지 않는 우리는
　　시간의 열차를 타고
　　생의 몇 번째 터널로 미끄러져 가고 있는 것일까
　　오래 묵은 열차의 쇠바퀴 끌리는 소리

철커덕철커덕 이어지는
지하도 밖 세상은 아침일까 저녁일까
이 환한 어둠을 뚫고
가야 할 길은 있는 것인가

– 「도플갱어」

"달리는 열차가 잠시 숨을 고르는 지하철역에서/ 나는 맞
은편 승강장 의자에 넋 놓고 앉은 나를 보았다"는 구절을 읽
는다. 고향과 가야 할 곳을 생각할 틈도 없이 다람쥐 쳇바퀴
처럼 하루하루 살아가는 우리들의 자화상처럼 보인다. 「도플
갱어」는 무력하고 창백한 내면 속에서 방향을 잃은 채 시간
의 잔등을 타고 정처 없이 흘러만 가는 존재의 풍경을 잘 보
여준다. "나는 깜짝 놀랐다/ 오래전에 잃어버린 스무 살의
나이거나/ 갓 서른에 접어든 듯한 나는/ 이 세상에 혼자 떨
어져 내린 듯 캄캄한 얼굴로/ 지하도 바닥을 내려다보고 있
었다". 화자가 지하철에서 우연히 만나게 된 사람이 마치 자
신의 또 다른 자아처럼 보인 사실과, 여기에서 비롯하는 생
경한 듯 익숙한 존재의 초췌함을 느끼며 상기하는 스산한 세
계의 표정은 무엇을 말하는 것일까. 시인은 말한다. "무엇인
가 보고 있지만 아무도 마주 보지 않는 우리는/ 시간의 열차
를 타고/ 생의 몇 번째 터널로 미끄러져 가고 있는 것일까"
라고. 분명 당도하게 되는 지점은 있겠지만, 그 속을 나아가
는 길이 어디이며 또한 어디로 가고 있는지도 모른 채 무작
정 살아가는 현대인의 모습이 떠오른다. 이렇게 본다면 위
시는 존재의 허무와 고독, 그리고 이로부터 비롯되는 상실감
과 비애를 형상화한 것처럼 보인다. 상실과 허무는 20세기

현대시가 출발한 감성이었다. 그것은 세계에 대한 환멸과 분노를 넘어선 자기 상실감과 내면의 황폐함을 반증한다. 더 이상 세계에 대한 확신과 바람이 사라진 시대를 우리는 지나고 있다. 자신은 분명히 시간의 녹을 먹으면서 변해가지만, 그럴수록 정체가 모호해지면서 자아가 마땅히 안착해야 하는 곳을 찾지 못하고 방황하는 주체의 무리들 속에서 점점 병들어가는 것이다.

김순아는 새로운 세계가 펼쳐지는 지금 이곳에서 이미 흘러간 시간 속에서 자신이 보았고, 체험했고, 만났던 사람들의 얼굴을 더듬는다. 추억이라고 하기엔 부족하고, 미련이라고 하기엔 어딘가 청승맞아 보이는 옛 시간을 소환하면서도 점점 낯설어지는 자신과 세계의 풍경을 스케치한다. 사라진 것이 있고, 앞으로 사라질 것이 있다. 시인은 사라진 것과 사라질 예정인 것 사이를 이어주는 시간의 잿빛 에너지를 하나하나 가늠하며 언제 다시 올지 모르는 이 세계의 스산한 무대 위를 천천히 걸으면서 궁리한다. 그렇기에 이번 시집은 시인의 발 딛고 있는 세계의 각진 표면을 응시하면서 그 속에서 요동치는 시간의 홀로그램이 만드는 무늬의 선을 따라간다. 쓸쓸한 눈자위가 멈추는 곳에선 오랜 기억이 하나둘씩 찾아들고, 언젠가 정답게 마주했던 이들이 남기고 간 흔적이 가로등 불빛에 달라붙는 나방처럼 눈가를 어지럽히는 것이다.

이 골목에 살다 떠나가는 사람들, 내 인생에 홀연히 나타났다 사라져가는 것들, 이름 부를 수 없는 막막한 시간을 두드리며 나를 부르는 마지막 목소리였을까. 길을

걷다가 문득 뒤돌아보면, 누군가 내 이름 부르며 이 골
목을 서성이고 있다는 느낌. 그 느낌이 쓸쓸한 것이어서
길바닥에서 주운 비닐봉지를 들고 한참을 만지작거렸다

　언젠가 나도 이런 모습으로 내가 살던 골목에 와 서성
거리게 될까, 골목 곳곳에 남은 시간의 얼룩도 나를 그
렁그렁 그리워하게 될까

　누가 흘리고 간 검은 비닐봉지 하나를 마음의 깊은 지
하에 찔러넣고, 걸어온 길을 되돌아가 보는 저녁, 나도
이 골목의 흔적처럼 오래전 나를 서성거리고 있을지도

                                            — 「등 뒤에서」 부분

　해질무렵 골목 귀갓길에서 자신을 부르는 소리에 돌아보
니 검은 비닐봉지가 부스럭거렸다고 시인은 미인용 부분인
「등 뒤에서」 전반부에 진술했다. 가끔 그런 일이 있다. 언젠
가 오랫동안 시간을 보냈던 장소를 먼 훗날 다시 찾을 때 밀
려오는 감정을 무어라 표현할 수 있을까. "언젠가 나도 이런
모습으로 내가 살던 골목에 와 서성거리게 될까. 골목 곳곳
에 남은 시간의 얼룩도 나를 그렁그렁 그리워하게 될까"란
마음은 퍼석해져서 더 이상 돌아갈 길을 잃은 나그네의 심사
일 것이다. 혹은 축축하게 저며오는 옛 시간이 손을 내밀면
서 자신을 덮히는 공기와도 같은 마음일 것이다. 나는 예전
의 내가 아니라, 시시때때로 예전의 나를 찾아만 가는 정처
없는 나라는 사실을 김순아는 시로써 드러낸다. 시집 『너만
기억하는 시간이 있다』는 이처럼 시간을 중심에 놓고 잊혀간

것과 다가오는 것 사이에서 구겨진 채 방황하는 현대인의 초상이 수심처럼 그늘져 있음을 확인하게 된다. 새로운 미래는 인간을 더욱 암울하고 참담하게 만들고 말리라는 내면의 믿음이 유년의 세계와 마주쳐서 생겨나는 굴절된 빛처럼 김순아의 시는 해 저무는 골목 귀퉁이 우두커니 서서 흔들리는 한 그루 나무처럼 보인다. 나무 잎사귀들이 바람에 흔들리는 모습은 필경 목적지를 잃은 배가 나루터에 언제까지나 매여 있는 것처럼 쓸쓸하면서도 위태로워 보이기도 하다. 어쩌면 이 모습이 현대를 살아가는 인간의 표정이 아닐까.

횡단보도 건너편에 네가 손 흔들며 서 있다

길을 막은 붉은등이 잊었던 일을 급히 기억해낸 듯 얼굴을 노랗게 바꾸며 깜박거리자

누구는 핸드폰 폴더를 거칠게 닫고
누구는 급하게 차도로 뛰어들고

나는 빠르게 튀어 나갔다
저편으로 날아갈 것 같이

그러나 건너간다는 것
살아서 네게 가는 길은
신호등의 허락을 받아야 열리는 길

횡단보도 한가운데 이르러

하이힐의 뒤꿈치가 삐걱하더니
나는 그만 무릎을 꿇고 뒹굴어졌다

바닥에는 맘대로 길을 건너다 하늘로 솟구친 길고양이
의 잿빛 털과 새의 검붉은 깃털이

신호등의 표정이 뭐라고 말하기 어려운 빛깔로 바뀌어
있었다

－「건너간다는 것」

무어라 가늠하기 힘든 시간의 진행을 생각하면서 하루하루 생명이 주는 신비를 느끼는 우리에게 이쪽과 저쪽 경계를 건너는 일이 무엇인지 더러 떠올릴 때가 있다. '건널목'은 생활을 이어주는 다리요, 공간과 공간을 매개해주는 신호 기능을 하는 곳이다. 시인은 "그러나 건너간다는 것/ 살아서 네게 가는 길은/ 신호등의 허락을 받아야 열리는 길"이라고 단호하게 말한다. 신호등의 허락은 편리한 삶을 보장해주는 장치임과 동시에, 기계가 던지는 신호 없이는 엉망진창인 삶으로 돌변해버리는 아이러니한 현대사회의 모습을 반영하는 현대 세계의 기표이기도 하다. 여기에서 저기로 건너는 일, 이 단순한 행위를 감행하기 위해서 얼마나 복잡한 수치와 통계와, 그리고 기술의 도움을 받아야 하는지 의문이 생기기도 한다. 이 단순한 삶의 단면에서 시인은 이 세계가 작동하는 메커니즘에 드리운 문명의 그늘을 발견한다. 이러한 문명의 그늘은 인간의 사고와 의식에까지 영향을 미친다. 인간이 도리어 주체성을 망각하고 편리하지만, 낯선 물질의 영향에 속

박되어 있다는 사실에 대한 자각이 일지 않을리 없다. "신호
등의 표정이 뭐라고 말하기 어려운 빛깔로 바뀌어 있"는 광
경은 더러 우리에게 그로테스크한 감정을 불러일으키기도
한다. 그 신호는 우리의 삶과 죽음을 결정짓는 기호다. 생사
를 갈라놓고서 생을 건져 올리려는 인간사회의 표식이면서,
그것에 반하는 행동을 할 때면 가차 없는 징벌을 내리는 어
둠의 점멸등이기도 한 것이다.

그 여름 동안 내가 할 수 있는 일은 없었다
직장에서는 더이상 출근을 하지 않아도 된다는 통보를
해왔고
형제도 오랜 동료도 멀리 떠난다는 문자메시지를 보내
왔다
흙과 콘크리트 조각이 내 발에 멍드는 소리를 들으며
사람 떠난 재개발지구나 기웃거렸다
창문이 깨져 있는 빈집
방안은 햇빛이 드는데도 어두웠다
고독한 방들 사방연속무늬 벽에 기대어
사람 흉내를 내며 조금 울었던가,
어느 청춘의 방인지
'오늘 내 삶의 한 가지가 새로운 가지를 뻗기 시작했다'
고 기록된
문구를 보는데 하품이 났다
하품 끝에 눈물 어린 눈으로
마루에 걸린 액자 속 낡은 가족사진을 바라보기도 했다
어떤 날은 마을 버스정류장에 앉아 누구를 한없이 기

다리는 노파가

어머니처럼 보이기도 했다

그런 날은 근처 수산물시장에 들러 생선비늘 긁는 갈
라진 손을 보고 왔다

일찍 눈을 떠 하루가 긴 날은 민화투같이 시시한 시를
치기도 했다

상상력 하나만 남은, 상상력만이 존재를 자유롭게 한
다는

장 폴 사르트르의 말을 믿기도 했다

눈을 떠보니 다시 빈집의 방 안

맞은편 재개발아파트 불 켜진 한 층에서 반짝 통증이
새나왔다

매미 한 마리 창틀에 달라붙어 끈질기게 목청을 돋우
었고

수산물시장에서 비릿한 냄새가 풍겨왔다 여전히 여름
이었고

순간, 생선을 손질하는 노파가 그리웠다

− 「빈방 고양이」

고독은 결락의 감정이 만들어 내는 상태에서 비롯된다. 시
간은 그 쓸쓸한 느낌을 지속하기도 하고, 멈추기도 하고, 간
혹 고독 이전으로 되돌려 이미 지나쳐 온 세계로 발을 들이
기도 한다. 시인이 물씬 느끼는 결락감은 현대인에게 보편적
으로 마주하게 되는 그런 감정과는 다르다. 이 세계의 일부
분이기도 하면서 이 세계를 떠받치는 가장 중요한 주체이기

도 한 시인의 마음이 닿는 곳을 짚으면서 덩달아 물들게 되는 격심한 외로움의 진원은 어디일까. 그곳은 어디에서 시작해서 끝내 어디로 자신을 데리고 갈 것인가. 이러한 궁금증이 일기도 하는 것인데, 쓸쓸함에서 연유하는 본질적인 호기심을 좇다 보면 어느새 갈대처럼 연약하기만한 자신을 발견하게 된다. 「빈방 고양이」에서 볼 수 있는 신산한 삶의 고독감과 허전함은 사실 우리 시대를 살아가는 현대인의 형상이라고 말할 수 있다. "눈을 떠보니 다시 빈집의 방 안/ 맞은편 재개발아파트 불 켜진 한 층에서 반짝 통증이 새나왔다/ 매미 한 마리 창틀에 달라붙어 끈질기게 목청을 돋우었고/ 수산물시장에서 비릿한 냄새가 풍겨왔다 여전히 여름이었"던 한때의 날을 떠올리며 시인은 나긋한 생의 졸음과, 그 삶의 비탈에서 기울어지는 존재의 각도를 느꼈을 것이다.

자신을 찾아가는 여행, 이 상투적인 말이 김순아 시집에 오롯이 중심추처럼 놓여 있다면 어떨까. 때로는 목적 없는 여행을 떠나는 사람처럼, 때로는 진작에 무엇을 찾으러 나섰다가 갑자기 길을 잃어 방황하는 나그네처럼 김순아 시는 우리 눈을 향해 진자처럼 멀어졌다 가까워진다. 그 모습을 보고 있으면 나 자신조차도 시간을 거슬러 왔던 길 헤집으며 돌아다닐 것만 같다. 시인은 잃어버린 고향을 찾아 나서는 사람이다. 고향을 잊은 현대인에게 시인이 찾는 고향의 풍경을 가늠할 수 있다면, 아마 시간의 물결이 요동치는 마법의 공간 틈바구니에서 잊은 듯 다시 태어나는 존재들이 손짓할 것이다. 손수건처럼 나부끼면서, 나뭇잎 살랑살랑 흩어져 가는 수많은 '나'들이 내게 말을 걸 때까지, 그런 나를 나라고 자신 있게 말할 수 있을 때까지.